I0660365

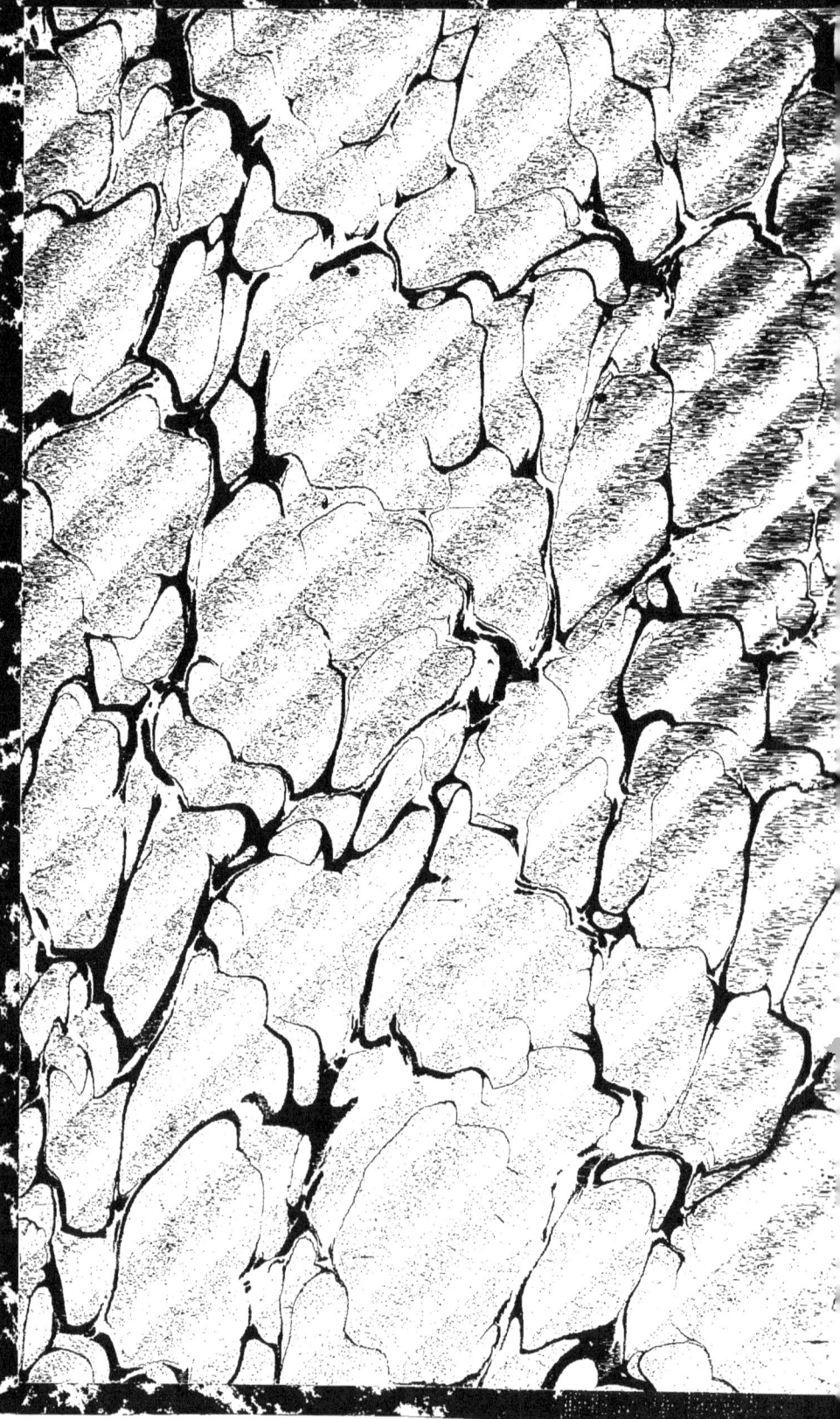

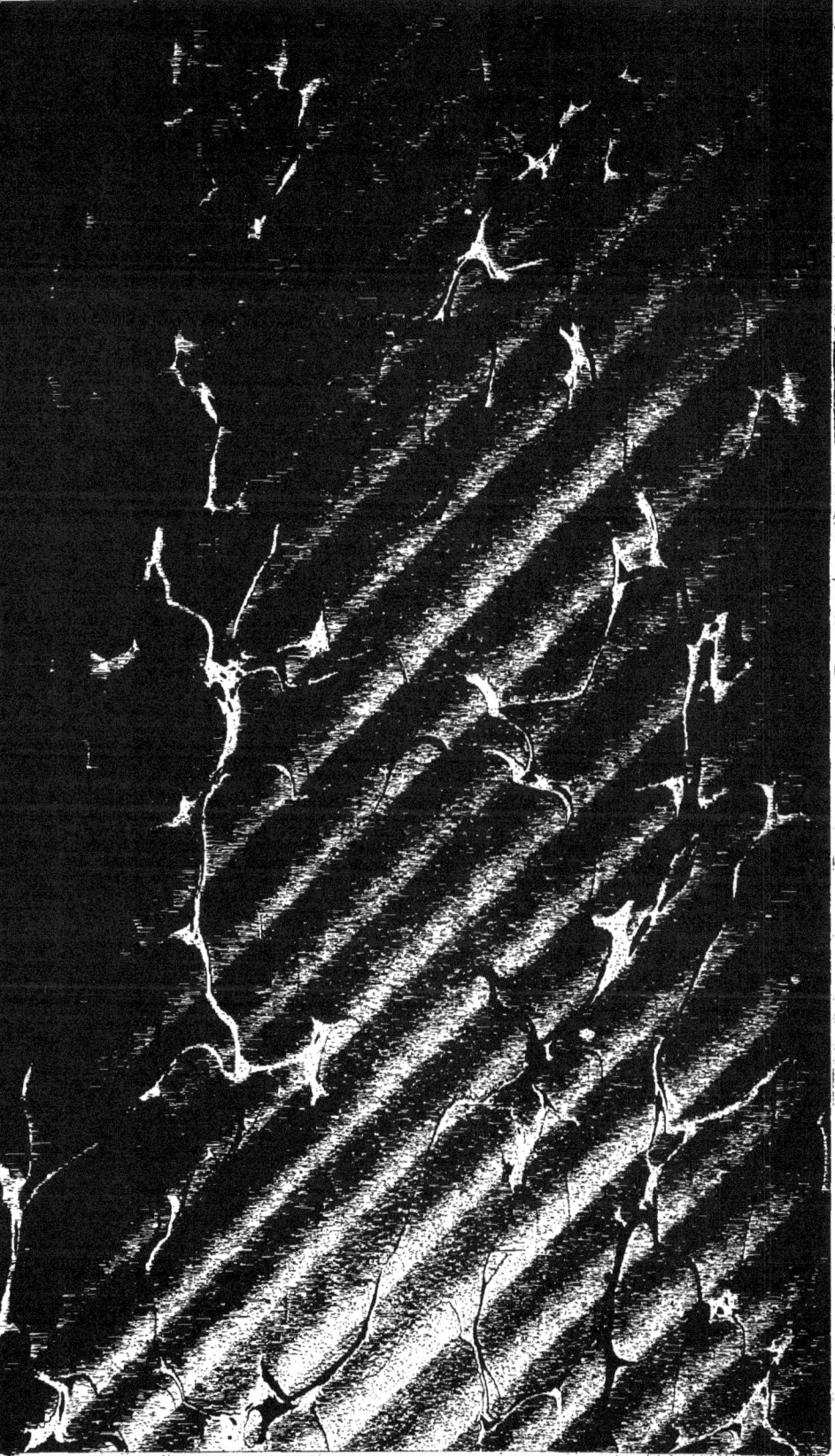

J. EBRARD

DÉPÔT LÉGAL
Spécial.

1851

UNE VIEILLE MAITRESSE.

Ouvrages de A. de Gondrecourt.

Ouvrages du Marquis de Foudras.

Ouvrage d'Alexandre Dumas.

LA COMTESSE DE SALISBURY.

6 volumes in-8.

On vend séparément les derniers volumes pour compléter la première édition.

Impr. de E. Dépée, à Sceaux (Seine).

UNE

VIEILLE MAITRESSE

PAR

JULES BARBEY D'AUREVILLY.

Perseverare... diabolicum.
— LES ASCÈTES. —
Les Rois de la terre, — et Dieu même, —
récompensent la fidélité.
— ANONYME. —

2

PARIS

ALEXANDRE CADOT, ÉDITEUR,

32, RUE DE LA HARPE

—

1851

X

Les nœuds incessamment refaits.

(Suite d'une variété dans l'amour.)

Ryno de Marigny ne put s'empêcher de sourire à la réflexion de madame la marquise de Flers. Le jour commençait à introduire ses blancheurs dans l'appartement et à lutter autour de la lampe qui éclairait le boudoir.

—Voici le jour !— dit-il en le lui montrant, —je crains que vous ne soyez fatiguée, marquise.

— Non, — répondit-elle. Et réellement
son visage était aussi ferme, son œil aussi
lucide, sa physionomie d'une attention aussi
animée qu'au commencement du récit de
M. de Marigny. En s'accoudant au bras du
fauteuil, en se ployant pour mieux écouter,
elle n'avait pas même affaissé les plis gracieux d'une robe qu'elle faisait bouffer avec
la supériorité des grandes dames d'autrefois, et son rouge n'était pas tombé.

— Dites encore, mon ami ; — ajouta-t-elle.
— On ne dort plus à mon âge et j'ai passé
bien d'autres nuits à une époque où je dormais. De longues histoires au coin du feu,
ce sont les bals de la vieillesse.

« — Le lendemain, — continua donc
M. de Marigny, — nous étions séparés. Vellini prit un appartement rue de Provence,
qu'elle a toujours gardé depuis. Je lui avais
dit que nous resterions amis. Je lui prouvai

que j'étais le sien en me chargeant de ces
soins matériels qui répugnaient tant à sa paresse méridionale. Je m'estimais heureux de
lui être utile, et je me promis bien d'étendre
sur elle, — tout le temps qu'une nouvelle
liaison ne lui offrirait pas un appui, — une
protection habilement cachée qui n'alarme-
rait pas son orgueil. Dans les premiers instants de cette vie nouvelle que nous avions
adoptée, je la vis chaque jour et même plusieurs fois par journée. Je cherchais à lui
épargner l'ennui de sa solitude. J'avais les
mille délicatesses d'un homme qui n'aime
plus, mais au cœur duquel il est resté une
profonde reconnaissance pour un bonheur
longtemps goûté. Nous fûmes plus ensemble, Vellini et moi, que nous n'y avions été
depuis des années. Je la conduisais au spectacle. Je promenais à cheval avec elle. Mes
élégants amis qui jetaient toujours un peu leurs

maîtresses par les fenêtres quand ils en étaient
dégoûtés, se moquèrent de moi et de cette séparation sentimentale. Je les laissai railler et
je continuai d'accomplir, vis-à-vis de cette
femme qui avait quitté son mari pour me
suivre, ce que je croyais des devoirs.

—« Mon cher,—me disaient-ils parfois,—
tu ne te dépêtreras jamais de cette femme. Tu
ne crois plus l'aimer, tu l'aimes toujours. »—
Moi, marquise, j'étais parfaitement sûr du
contraire. J'étais revenu à ma vie de garçon
avec un sentiment de joie trop complet pour
douter une minute de l'entière reprise de
moi-même. Un captif à qui on ôte ses chaî-
nes n'est pas plus soulagé que je ne l'étais.
La sensation de la délivrance me rafraîchis-
sait divinement la pensée, quand je pensais
que je n'avais pas refait avec une maîtresse
ce triste roman d'*Adolphe* qui est une si fré-
quente histoire. Vellini convenait elle-même,

sans en souffrir, que nous ne nous aimions
plus. Elle était calme comme moi, comme
une âme qui a pris son parti et qui ne veut
plus s'abuser. Elle ne demandait pas folle-
ment à son cœur ce que son cœur lui eût
refusé. Mais fille d'une terre superstitieuse,
âme frappée d'une sombre manie, l'amour
pour elle avait beau mourir, le bonheur qu'il
avait donné, devenir impossible, l'existence
se scinder et aller par des côtés différents,
elle croyait que toujours nous reviendrions,
fût-ce du bout du monde, des quatre points
cardinaux de la vie, échouer fatalement
dans les bras l'un de l'autre, comme sur un
double écueil. « J'ai bu de ton sang, disait-
elle, tu as bu du mien. C'est là un charme
auquel croyait ma mère. De l'influence terrible et sacrée de cette communion san-
glante, nous en avons pour jusqu'à la mort... »
— Je l'écoutais me dire ces choses avec un

sourire incrédule. Mais tout, avant et même
depuis la séparation consommée, ne semblait-
il pas donner raison à ces superstitions que
je méprisais ? Nous vivions comme un frère
et une sœur. Mais certains troubles passaient
encore, comme une ventilation de feu, à travers cette fraternité qui eût dû être si chaste
et si forte, puisqu'elle venait après les expé-
riences de l'amour. Elle n'était jamais pour
moi comme une autre femme. Quand nous
causions avec le plus d'indifférence, la fu-
mée de son cigarre ne passait point de ses
lèvres distraites, près des miennes, sans y ramener les vieilles soifs connues. Et quand au
bois, descendue un moment de son cheval,
elle appuyait son pied sur ma main pour
remonter en selle, ce pied possédé, aimé,
dévoré de baisers pendant six ans, laissait
pour toute la journée une empreinte chaude
là où il s'était posé; et alors, en ces instants

là, il semblait que les quelques gouttes de son sang, mêlées à mon sang, se soulevàssent au fond de mes veines et y roulàssent, comme si elles eûssent voulu retourner impétueusement à leur source !

« Lorsque j'eus bien établi la Señora Vellini dans la rue de Provence, et que je la crus suffisamment accoutumée à sa vie nouvelle, je m'en occupai beaucoup moins. Quelques-uns de mes amis, devenus les siens, la virent davantage et l'entourèrent d'un cercle plus étroit qu'il ne l'avait été jusque là. Ce devait être. Quand elle vivait chez moi; quand elle était si publiquement, si officiellement ma maîtresse, c'était avec moi qu'il fallait compter. Elle m'appartenait trop pour qu'on ne mesurât pas la portée des hommages qu'on lui offrait. Je n'avais pas été jaloux, il est vrai. Sûr de son cœur, dans lequel je lisais, sachant comme elle était sin-

cère, je n'avais jamais montré à mes amis
ces revêches défiances de possesseur qui
avilissent l'homme et ne sauvent pas la fidélité de la femme. Mais la Convenance avait
tout naturellement posé entre elle et eux une
noble réserve. A présent, cette réserve n'a-
vait plus besoin d'exister, au même degré du
moins. Vellini reprenait une position indé-
pendante. Vis-à-vis des autres, elle ne devait
plus son affection à personne. Elle pouvait disposer entièrement d'elle-même. Parmi les jeunes gens qui lui avaient toujours fait
une cour assidue, ceux qui l'aimaient réellement étaient plus libres dans l'expression
de leurs sentiments. Je voyais tout cela avec
plaisir. Je me disais que c'étaient là des in-
térêts pour elle; et soulagé de son avenir, je
me replongeais dans le monde, dans le jeu,
dans ces excès qu'elle avait interrompus et
remplacés, elle, mon seul excès, ma seule

folie pendant six ans ! ! ! Comme on pouvait
supposer qu'elle tenait encore à moi, car la
vanité d'un amour qui a duré longtemps est
le dernier lien qui en reste, je ne doutais pas
que les hommes qui la désiraient, ne la mis-
sent au courant de toutes mes démarches,
espérant profiter d'un dépit qu'ils auraient
fait naître dans cette âme violente, mais si
cela fut (et Vellini me l'a dit depuis) je ne
pus vers cette époque m'en apercevoir à son
humeur ou à sa façon avec moi. Elle me
recevait toujours avec la même familiarité
tranquille et hardie qui attestait éloquem-
ment notre passé. Quand mes amis me lan-
çaient quelque nom de femme dans une plai-
santerie, elle écoutait ces allusions comme
si elle n'eût pas dû en être atteinte. —
« Pourquoi donc me dites-vous qu'il aime
madame de Solcy ? — répondit-elle un jour
à l'un d'eux devant moi ; — n'est-il pas li-

bre ?.... Croyez-vous que je sois jalouse?
Nous ne sommes plus que des amis, Ryno et
moi. Il a le droit d'aimer qui bon lui semble,
comme moi de vous aimer vous-même, —
ajouta-t-elle avec une cruelle impertinence,
— si je le pouvais. — »

« Je quittai Paris pour quelque temps. J'allai aux îles Hébrides avec cet Écossais qui
eut tant de succès dans le monde cette an-
née-là ; ce Douglas de Kilmarnock, si célèbre
par l'originalité de son esprit et de sa danse
et dont vous devez vous souvenir. Pendant
mon absence qui dura près de six mois, on
m'écrivit de Paris. On me mandait que la señora Vellini avait pris un amant et on m'en
racontait l'histoire. Très certainement le
sentiment qui dictait cette nouvelle à messieurs mes amis était une de ces amabilités
que La Rochefoucaud a classées dans son
chapitre de l'Amitié, mais dans la position

que je m'étais choisie, une telle nouvelle ne devait-elle pas être ce que je désirais le plus ?...

« Nous ne nous étions point écrit, Vellini et moi, moi par calcul; car, mon dessein était de rompre entièrement avec un passé qui n'était fort que quand nous étions réunis; elle, parce que paresseuse comme toutes les femmes de son pays méridional, et d'ailleurs, emportée par les sensations de la minute actuelle, elle n'avait jamais aimé d'écrire, cette froide manière de phraser l'amour des femmes de France dont elle se moquait. Excepté ce qu'on me mandait sur son compte, c'est-à-dire, le choix extérieur d'un amant (c'était ce comte de Cérisy qui m'avait assisté dans mon duel avec sir Réginald Annesley), j'ignorais la vie qu'elle avait menée pendant que j'étais en Écosse. Seulement et toujours d'après quelques lettres

d'observateurs médisants , ce devait beaucoup ressembler à celle dont elle avait vécu
à Séville avant son mariage avec le baronnet
anglais. Vous le voyez, ma chère marquise,
je ne vous la fais pas meilleure qu'elle n'est.
Je vous dis hardiment les choses. Toute autre que vous pousserait les hauts cris et
nierait qu'on pût s'intéresser à une pareille
créature... »

— A qui le dites - vous ? — répondit la marquise. — Nous en sommes à la pureté *quand
même*. Les ultrà-politiques ont passé dans
les mœurs. N'ai-je pas entendu l'autre jour
une de nos plus belles duchesses traiter
de *fille* mademoiselle de l'Espinasse parce
qu'elle avait eu deux amours? Une femme
comme il faut, nous dit-elle, en regardant
mélancoliquement la corniche de son salon,
n'en a qu'un seul et elle en meurt. —

Madame la marquise de Flers, l'Érygone

des soupers mythologiques de la comtesse de Polignac, répéta cela avec un comique si naturel, que M. de Marigny, par ses mœurs un peu du dix-huitième siècle, se mit à rire de la parodie des hautes prétentions du dix-neuvième qu'il avait souvent vues se gendarmer contre lui dans la personne de ses duchesses.

Mais comme le commérage n'est jamais très-loin dans une femme d'autant de monde que madame la marquise de Flers.

— C'est donc votre Malagaise, — reprit-elle,—qui a ruiné ce pauvre diable de Cérisy?

— Peut-être bien, — répondit Marigny, — car c'est une femme à qui, lorsqu'on la possède, on voudrait comme ce lord célèbre du siècle dernier, *donner les étoiles si elle s'avisait de les regarder avec plaisir*. Or, les étoiles coûtent un peu cher. Mais ce que j'affirmerais sur mon honneur et sur ma vie,

c'est que si elle a ruiné Cérisy, ça été , sans
rien lui demander, pas même un éventail.—

« Quand je revins d'Ecosse, — continua
Marigny, — j'étais, à ce qu'il me semblait, si
bien détaché d'elle que je restai à Paris
quelques jours sans la revoir. Je me demandais même si je ne ferais pas mieux de ne
point retourner rue de Provence. Mais je me
dis que si je n'allais pas chez elle, elle vien-
drait immanquablement chez moi ; que je
connaissais trop du monde qu'elle voyait
pour ne pas la rencontrer un jour ou l'autre;
enfin c'était une noble fille qui comptait sur
mon amitié, et décidé par tous ces motifs,
j'allai un soir lui apprendre mon retour

« Je la trouvai sur son balcon en pierre,
sculpté à la Mauresque, au-dessus duquel
elle avait arrangé avec beaucoup de goût
une mystérieuse tendetta de coutil. Ce balcon était pour elle comme une patrie. Des

jasmins d'Espagne s'y épanouissaient avec
d'autres fleurs des pays chauds, et le bruit
des voitures, diminué par la distance et dis-
persé dans les airs à la hauteur de cet étage,
la faisait peut-être rêver, du fond de sa tendetta embrâsée et dorée par les feux du soir,
aux murmures de sa Méditerranée, sur le
rivage de Malaga !

« Elle ne m'entendit point venir. Les tapis épais du salon, dont la porte vitrée était
restée ouverte, avaient assoupi le bruit de
mes pas. J'allais la surprendre. Cachée par
l'étroit dossier d'une chaise très-basse, je ne
vis d'elle tout d'abord que sa coiffure, —
une de ces coiffures qui m'avaient le plus
affolé quand je l'aimais. C'était ce qu'on appelle une *Grecque* du nom des femmes qui
l'ont inventée. Seulement au lieu de l'aiguille
d'or des filles de Zanthe, elle avait passé à
travers la torsade lustrée de ses cheveux

noirs, un poignard nu, sans autre orne-
ment que l'éclat éblouissant de son pur acier.
Tout-à-coup, ses petites mains saisirent ce
poignard et le détachèrent. L'ancien battement de cœur que cette Circé de l'imprévu
m'avait donné pendant sept ans, me reprit.
Je m'approchai, ignorant ce qu'elle allait
faire. Mais elle se mit tranquillement à tracer avec la pointe du poignard je ne sais
quels indéchiffrables caractères sur la rampe
en pierre du balcon.

« Je prononçai un mot espagnol.

« — Ah ! — dit-elle en se retournant avec
un bond et un cri, — c'est toi, Ryno !

« Et elle se jeta à moi comme autrefois.
Elle se suspendit à mon cou ; et comme elle
tenait à la main le poignard de sa chevelure,
la lame nue, par la pose de son bras ramené, se trouva naturellement couchée sur
mon cœur.

« —Tu ne m'attendais pas ? — lui dis-je, en l'embrassant.

« Elle était plus jaune et plus maigre que jamais. Ses yeux brûlaient dans leur orbite cernée. Ses bras nus me pénétrèrent d'une chaleur matte à travers mes vêtements.

« — O Dieu, tu brûles, tu as la fièvre, tu es malade ! lui dis-je. —

« — Je ne sais pas, répondit-elle, mais je m'ennuie.

« — C'est peut-être ce balcon et ce jasmin d'Espagne, — repartis-je, — qui te donnent le mal du pays ?

« — Tiens, — reprit-elle avec explosion, — si c'était cela ! — Et tombant de mon cou sur la pointe de ses pieds chaussés de satin, elle se précipita sur les jasmins, les hacha de cent coups de poignard, en fit voler les fragments au-dessus de sa tête, renversa les jardinières, et jeta deux superbes vases

d'héliotrope, en porcelaine de Chine, par-
dessus la rampe du balcon.

« — Tu es donc toujours la Vellini d'autrefois ? — lui dis-je en souriant de ces sensations impétueuses, — toujours la folle
fille à qui rien ne doit résister ?

« — Ah! c'est la vie qui me résiste ! —
répondit-elle avec l'accent d'une tristesse
tragique, frappant du pied et poignardant le
vide autour d'elle. — Je ne sais pas ce que
j'ai, mais je souffre... J'étais plus heureuse,
avec toi, Ryno.

« — Est-ce que Cérisy te contrarie, ma pauvre fille ?

« — Lui !! — dit-elle, — tu sais donc cela ?... Ils te l'ont écrit. Oh ! non, il ne me
contrarie pas, le pauvre garçon. Il m'aime
avec une adoration d'esclave. Seulement son
adoration m'ennuie. J'aimais mieux quand
tu me détestais.

« — Tu ne te soucies donc pas de lui, ma chère enfant?... ajoutai-je.

« — Je l'ai aimé quinze jours, — dit-elle, — à m'imaginer que tu avais un successeur, Ryno. J'ai fait avec lui toutes les folies de passion ; puis au bout de quinze jours , je me suis réveillée , froide , dégoûtée. C'était fini. Un rêve de plus à mettre à la pile de mes rêves !

« — Et tu ne l'as pas jeté , — repartis-je, — par-dessus la rampe de ton balcon , comme un de ces vases auxquels tu viens si prestement de faire prendre ce chemin ?

« — J'en avais presque envie, — dit-elle en riant, — mais vois-tu ? il est si bon, si dévoué que la pitié m'a prise. Je n'ai pas eu le cœur de lui faire de la peine en le renvoyant. Je me suis laissé aimer par lui. — La Pitié , — ajouta-t-elle avec une expression réfléchie, — voilà un sentiment que je ne connaissais pas ! Tu ne me l'avais pas appris , Ryno. —

« Elle avait en me disant cela comme un
si vif regret du passé que j'en fus étonné et
touché en même temps , dans un être d'ordinaire si peu rêveur. Elle était appuyée à la
rampe du balcon, jonglant presque avec le
poignard qu'elle jetait en l'air par la pointe
et qu'elle recevait par la garde. Je m'étais
assis sur la chaise basse qu'elle avait quittée
et je cherchais à pénétrer le mystère de ses
sentiments secrets dans son extraordinaire
physionomie. Ses yeux d'aigle blessée tom-
baient d'à-plomb sur moi.

« — Et toi, — dit-elle avec une profondeur
presque envieuse, — es-tu heureux?...

« — Et si je ne l'étais pas? répondis-je.

« — Ne trompe pas Vellini, — dit-elle. —
Je sais tout aussi. Tu ne fais rien que je ne
le sache, Ryno! Ils croient toujours que je
t'aime. Ils ont toujours peur que notre passé

ne recommence, et pour l'empêcher, quand
ils peuvent me blesser le cœur avec toi, ils
n'y manquent jamais. On-t'a écrit, n'est-ce
pas? que j'aimais Cérisy. Eh bien, on m'a dit,
à moi, que tu avais suivi une femme en
Ecosse et que vous êtes revenus ensemble
à Paris. Il y a dix jours que vous êtes revenus!

« — Cette femme dont tu parles, — répondis-je, — est une femme du faubourg Saint-
Germain. Je l'ai rencontrée sur les bords du
lac Lhomond. Elle voyageait avec son mari.
Comme on se lie plus vite à l'étranger quand
on s'y rencontre, nous avons échangé mille
affectueuses politesses de compatriotes et nous
sommes revenus ensemble à Paris. Ceci est très
vrai... et très simple aussi, comme tu vois. —

« Elle cessa de jongler avec le poignard.

« — Et tu n'es pas amoureux de cette
femme! — s'écria-t-elle, — Tu n'étais pas hier
à l'Opéra avec elle! tu y étais, Ryno. C'est

Vellini qui t'y a vue. Mais toi, dans la préoccupation de ta nouvelle maîtresse, tu n'as
pas aperçu Vellini ! —

« Et déjà la violence de sa nature gron-
dait en elle comme un tonnerre lointain à
laquelle la mienne allait faire écho. Je le
pressentais... Je trouvais injuste et bizarre
que cette femme qui n'était plus aimée, qui
avait pris un amant, me parlât comme une
maîtresse régnante, qui avait droit de s'irri-
ter et de questionner. Il me semblait que
cette Ellénore revenait d'un peu trop loin et
un peu trop tard, dans nos relations.

« — Et quand cela serait, après ? repris-je.
Serait-ce la première femme que j'aurais aimée depuis que nous sommes séparés ? Pourquoi prends-tu donc ce ton-là, Vellini ?... Il
faut que tu sois bien malade, ma pauvre enfant, pour devenir nerveuse comme une Parisienne.

« — J'ai tort, dit-elle. Et elle se mit à
pleurer. Mais les pleurs de Vellini ne tom-
baient point comme ceux d'une autre femme. C'étaient des larmes fières qui roulaient
longtemps dans les cils ; puis, s'en allaient
mourir silencieusement, — avec une majesté
désolée, — vers les coins abaissés des lèvres
tremblantes.

« La pitié dont elle me parlait, il n'y avait
qu'un instant, se saisit de moi à mon tour, et
je l'attirai sur mes genoux pour essuyer ses
yeux avec mes lèvres.

« Elle ne résista pas plus qu'une morte.
Elle avait dans mes bras l'immobilité attentive du Sauvage et ses yeux plongeaient dans
mon cœur.

« — C'est du sang aussi que des larmes !
— dit-elle avec une passion surhumaine forte
comme Dieu même, car elle me fit reculer
jusque dans ce passé qui ne nous appartient

plus et qu'elle ralluma. — Bois donc, Ryno ; bois donc ! bois toujours, — répéta-t-elle en m'offrant avidement ses yeux et sa bouche. Elle avait raison, la superstitieuse femme qu'elle était ! Les larmes avaient goût du sang déjà bu... Le charme opérait... Je la pris et je me sauvai dans le salon, l'emportant liée et tordue en spirale autour de moi, comme une couleuvre.

« Une heure après, elle me disait avec la conscience d'une force invincible :

« — Aime-la, si tu veux, Ryno ; aime-les toutes ; renie-moi pour ta maitresse, mais le sang, confondu dans nos veines, est plus fort que toi ! — »

— C'était une explication de Zingari, — dit la marquise. — La vraie, c'est que, malgré tout, vous vous aimiez toujours.

« — Non, marquise, non, — reprit Marigny, — au contraire. J'en aimais une autre.

Son coup-d'œil ne l'avait point trompée quand elle m'avait vu à l'Opéra. La femme, rencontrée en Écosse, m'avait entraîné par des qualités opposées à celles qui m'avaient captivé si longtemps. Elle avait toutes les saveurs exquises de la femme du monde, une aristocratie de beauté et de manières digne du grand nom qu'elle portait. Après Vellini, la fille basanée du Toréador, cette patricienne blanche, blonde et languissante était d'un attrait singulier. C'était la fraîcheur bleuâtre des lacs purs, aux bords desquels je l'avais rencontrée, après les dévorements brûlants du désert. Elle ne m'appartenait pas alors, cette femme, mais depuis, elle a été jugée compromise et avec un tel éclat qu'il y aurait peut-être mauvais goût, à moi, à la nommer, si nous n'étions pas en tête-à-tête et si je n'étais pas dans quelques jours votre petit-fils. »

— D'ailleurs ce ne peut plus être, — répondit la marquise de Flers; — ni une fatuité, ni une indiscrétion. L'écusson des Marigny et celui des Mendoze sont écartelés à jamais par les Hérauts d'armes de la Médisance parisienne. On ne l'a guères ménagée, cette pauvre comtesse, cette héroïne de l'amour vrai. On lui a fait payer assez cher le noble tort d'avoir trop de cœur pour être habile.

— Oui, — dit Marigny avec tristesse, — elle a beaucoup souffert par moi et telle est la rigueur des sentiments involontaires qu'il n'y a point de dédommagements à offrir pour les maux dont on fut la cause. On peut écraser une destinée sans avoir un tort à se reprocher, car ne plus aimer, c'est un malheur. Pourquoi cesse-t-on d'aimer une femme? On attend encore l'homme de génie qui doit répondre à cette question.

« — Je n'ai, — ajouta le futur gendre de
madame la marquise de Flers, — à vous parler de mon sentiment pour madame de Mendoze qu'en temps qu'il influa (car il y influa)
sur mes relations avec Vellini. Autant qu'on
pouvait voir dans cette âme qui désorientait
le coup-d'œil par le mouvement et par la
profondeur, il me sembla que Vellini qui
convenait de ne plus m'aimer et qui avait un
amant, redevenait jalouse comme au temps
où nous nous appartenions aux yeux de tous.
Il y avait d'autres femmes pourtant dont on
lui avait dit ce qu'elle savait de madame de
Mendoze. Mais jusque là, je n'avais pas observé que la pensée d'une femme depuis
notre séparation, eût assombri ou froncé son
front soupçonneux. Cela pouvait être un de
ces revirements soudains comme il y en a
tant dans l'âme humaine ! Elle ne me faisait
plus, il est vrai, de scènes furibondes comme

autrefois, mais elle me montrait la rigidité amère et muette des caractères absolus. Elle était plus capricieuse qu'on ne l'avait jamais vue. Elle foulait aux pieds Cérisy. C'est sur lui que retombaient tous les éclats de son humeur. Témoin de ces injustices et d'ailleurs très préoccupé de ma belle comtesse, avec qui je perdais seulement pour la voir le temps qu'il est d'usage de dépenser avec les femmes du monde, je dis à Vellini que je m'abstiendrais de revenir rue de Provence.

« — Orgueilleux ! — s'écria-t-elle avec un orgueil révolté du mien. — Tu t'imagines donc que je t'aime toujours et que je suis bien malheureuse. Tu crois m'épargner en t'éloignant. Tu te sauves de moi comme d'une maîtresse dont tu craindrais les persécutions. Mais ne t'ai-je pas dit de l'aimer, ta comtesse de Mendoze ! Aime-la, Ryno. Qu'est-ce que cela me fait ?... —

« Et elle me disait cela, pâle, hâve, les joues marbrées de deux taches rouges, la voix faussée par la colère qui entr'ouvrait tout ce mépris. C'était encore une de ses puissances que cette dissonnance entre ses passions et sa volonté; que cette indomptable vérité de son âme passant à travers toute cette force de dissimulation qu'elle m'avait si souvent montrée et qu'elle tenait du chef de sa mère, la fière duchesse de Cadaval-Aveïro.

« — Tu ne me crois pas, — reprit-elle, — tes yeux sont impies en me regardant. Eh bien, mets ta main sur mon cœur et raconte-moi tes bonheurs avec ta nouvelle maîtresse, et s'il bat d'une pulsation plus vite, méprise-moi, Ryno. —

« Elle avait dans les sourcils et dans les plis du sourire l'audace d'une femme qui eût joûté avec la foudre. Ce gant qu'elle me je-

tait, je le ramassai. Je ne l'aurais pas dû
peut-être. Je n'aurais pas dû ouvrir à une
ancienne maîtresse comme Vellini, les secrets d'une intimité nouvelle; mais quelque
chose sans doute de plus fort que ma raison
même, retentit et flambe aux défis! J'étais
toujours le Marigny, qui, défié, dans un de ses
voyages, par cette Vellini qui me défiait encore, avait un jour valsé avec elle sur l'é-
troite et rase plate-forme d'une tour de trois
cents pieds de hauteur. Je fis ce qu'elle me
demandait. J'osai comme elle. Je lui mis la
main sur le cœur, à travers le lacis du corsage ouvert par devant, et je lui racontai
mon amour et mes bonheurs avec madame
de Mendoze, — dans cette langue enthousiaste et sensuelle qui allait si bien à ce
que je savais de sa nature, enflammant mon
récit davantage par le désir de voir clair
dans son âme et de terrasser tout cet orgueil

de Lucifer ; mais sous mon récit et sous ma
main, ce cœur altier resta immobile, comme
s'il eût valsé encore, au bord de la tour de
trois cents pieds !

« — Tu peux donc revenir ! — me dit-elle,
avec la joie d'une telle épreuve et le plus
superbe de ses regards. — Et je revins. Oui,
je revins, Marquise ! L'espèce de pitié qu'elle
avait excitée en moi qui la croyais jalouse,
périt dans mon cœur et n'y reparut plus !
Je revins attiré par la force de cette âme qui
ressemblait si peu à la coquetterie, taquine
et menteuse des autres femmes. L'amour
était éteint, mais l'intérêt reparaissait sous
une autre forme que l'amour. Elle m'avait
aimé. Ne m'aimait-elle plus ? Tous les escla-
vages du souvenir et de la curiosité m'obsé-
daient, me repoussaient chez elle. J'y allais
en sortant de chez la Comtesse. J'avais beau
être amoureux et je l'étais vraiment ! je pas-

sais plus d'heures chez Vellini qu'à l'hôtel de
Mendoze. Je ne sais pas comme elle s'y était
prise pour ensorceler Cérisy. Mais je ne re-
marquai jamais qu'il fut jaloux de mes visites. Elle me parlait beaucoup de la Comtesse.
Elle ne comprenait pas une foule de choses
dans cet amour de patricienne qui combat
pour sa dignité, même en se livrant ou qui la
pleure, après s'être livrée. Il y avait en madame de Mendoze mille nuances fines qui lui
échappaient. Elle ne disait pas comme le
monde, qui me trouvait trop aimé de cette
femme. Elle disait, elle, que cette froide
comtesse ne m'aimait pas assez et qu'elle ne
savait pas aimer. Hélas! elle m'a aimé au
contraire au point de se perdre, mais la fille
du Toréador appréciait mieux les transports
de l'amour que ses dévouements. Quand,
interrogé avidement par elle, je lui disais
les chastes et sublimes abandons avec les-

quels cette tendre femme qui me sera toujours sacrée et qu'elle accusait de froideur,
tombait sur mon cœur et dans mes bras, un
pli de mépris crispait sa lèvre. — Tiens !
cela vaut mieux . — disait-elle avec un em-
portement de vanité étrange et d'ardeur
désordonnée , et elle collait cette lèvre mé-
prisante à mes lèvres, avec une passion toujours prête et si souveraine, que je m'indi-
gnais pour la femme aimée, de l'empire de
celle que je n'aimais plus.

« Marquise, ce merveilleux empire qu'elle
croyait le *talisman du sang bu ensemble* et qui n'était pas seulement le talisman
des souvenirs, dura plus que mes liens avec
madame de Mendoze. Quand ces liens furent
brisés, il continua de subsister. Les quelques années écoulées entre ma rupture avec
la comtesse et la rencontre dans le monde
de votre Hermangarde ont été remplies par

ces succès faciles qui ont à peine un lendemain. Aucun ne devait, ne pouvait affaiblir
ce que l'amour n'avait pu détruire et Vellini
resta pour moi ce qu'elle était. Elle aussi,
elle eut des caprices, de ces brusques révo-
lutions d'imagination et de cœur, dont le
monde dit un mal si cruellement superfi-
ciel, car elles sont la conséquence de certaines natures passionnées et puissantes.
Elle se brouilla avec Cérisy, mais l'expérience justifia pour elle l'idée qui l'avait
tant saisie, que nous devions toujours nous
revenir. Elle a maintenant le fanatisme de
cette croyance. Seulement, ne pensez pas,
chère Marquise, que cette conviction la
rende heureuse. Son âme fière s'en soulève
parfois indignée. Pendant mon amour pour
la comtesse de Mendoze et depuis, elle a
essayé, à plusieurs reprises, de rompre
cette chaîne qu'elle avait d'abord dite in-

frangible. Elle voulait être toute à ses nouveaux amours ; mais l'ennui , le vide , le
passé, — que sais-je ?.. me la rejetaient désolée, accablée, niant qu'elle m'aimât, mais
recommençant d'étaler, avec un sombre orgueil, la chaîne qui avait résisté aux efforts
de son désespoir ! Quand, plus fort qu'elle,
parce que je suis homme, je l'avais quittée,
après quelque nouveau déchirement , me
promettant de ne plus revenir, un soir je
la trouvais chez moi qui m'attendait. Elle
ne se tordait pas à mes pieds, elle ne me sup-
pliait pas ; elle ne me demandait pardon ni
de ses violences, ni de ses inégalités, ni de
ses tristesses, ni de tout ce qui m'avait blessé
et fait fuir. Mais avec la conscience tranquille d'un être qui se croit l'instrument
du destin, elle avait une façon de me prendre par la main, et cette façon était si

pleine de la brûlante domination du passé,
qu'elle me renmenait.

« Marquise, il faut en finir. Telle a été
notre vie pendant dix ans. Le monde n'a
vu que la surface d'une intimité qu'il ne
s'expliquait pas. J'ai cherché à vous en faire
voir le fond. Quoique j'aie passé sur bien
des scènes, sur bien des détails que j'ai
tus par respect pour vous — et pour nous
aussi, — et qui sont hélas, le dessous de
cartes de presque toutes les intimités, j'en
ai dit, j'en ai montré assez à votre experte
sagacité pour que vous compreniez à
quel point notre liaison fut agitée. Le
monde l'a mesurée à toutes celles que l'habitude consacre, après que l'amour qui les
forma, n'existe plus. Vellini recevait beaucoup d'hommes de votre faubourg Saint-Germain. C'est rue de Provence que j'ai rencontré le vicomte de Prosny pour la pre-

mière fois. La Malagaise voyait des artistes
et plusieurs femmes comme elle. On jouait
dans son salon un jeu d'enfer et on m'y
voyait tous les soirs. Comme avec un certain
maintien, on fait respecter les positions les
plus fausses, les hommes qui auraient eu
le droit peut-être de trouver mauvais l'espèce d'autorité dont la señora Vellini m'in-
vestissait chez elle, finirent par prendre leur
parti de... ce qu'ils ne pouvaient empêcher.
Pour expliquer l'éternité de ma présence
chez cette femme, autrefois ma maîtresse,
le jeu, le sans-gêne de la vie intime étaient
les raisons qu'on ajoutait tout haut à celles que l'on disait tout bas. Quant à ces
dernières, — ajouta M. de Marigny, avec
un fin sourire, — on les chuchottait à l'o-
reille ; je les devinais bien un peu, mais je
ne me charge pas de vous les répéter. » —

M. de Marigny avait fini son récit. Il s'arrêta naturellement et regarda la marquise qui rêvait, en tournant dans ses mains sa tabatière d'écaille :

— Le vieux Prosny n'est pas si bête ! — dit-elle avec une gaîté que le regret teignait de tristesse, — et j'aimerais bien mieux qu'il le fût !

XI

Le Mariage.

Quand M. de Marigny eut achevé sa grande confidence à madame la marquise de Flers, ne voilà-t-il pas qu'il eût peur ? Il avait tout dit avec la sincérité d'une âme qui se confie dans l'âme qui écoute ; il avait ouvert son passé, dans ses replis les plus secrets, à ces yeux de lynx qu'il ne redoutait pas. Il avait mis une espèce de grandeur à ne rien omet-

tre. Mais c'était fini ! Désormais il ne repren-
drait plus le récit tombé généreusement de
ses lèvres : et cet homme intrépide jusque-là,
s'effraya de ce qu'il avait fait. Il eut un doute.
Si la douairière de Flers n'était pas la femme
qu'il avait jugée ; si l'histoire de cet amour,
trop raconté peut-être, avait réveillé en elle
ces instincts de prudence qu'il n'avait pas
cherché à endormir, il était perdu. La main
de la belle Hermangarde lui serait peut-être
refusée. A cette idée la sueur froide coula
sur son front. Il se repentit presque, tant il
aimait mademoiselle de Polastron ! d'avoir
été franc avec la marquise. Tout homme
qu'il fût, l'amour avait créé en lui les exquises
faiblesses de la femme et la peur le prit
comme elle prend les femmes, fussent-elles
Jeanne d'Arc elle-même, l'action héroïque
accomplie, le coup porté.

La marquise, cette fée devineresse, de-

vina cette pusillanimité d'un grand amour.
Les yeux de lynx que M. de Marigny avait eu
raison de ne pas craindre, le regardèrent
avec une finesse aimable et tendre ; épithètes
bien jeunes pour des yeux de soixante-quinze
ans, mais justes pour cette femme, éternellement adorable d'esprit et de cœur, que les
matérialistes de son temps, qui niaient l'im-
mortalité de l'âme, — s'ils avaient vécu autant qu'elle, — auraient considérée comme
une très-forte objection.

— Qu'avez-vous, mon enfant, — dit-elle
en le voyant presque consterné de ce qu'il
avait osé dire, — vous repentiriez-vous
d'avoir été vrai ? Rassurez-vous. Je ne déma-
rierai point Hermangarde. Vous avez été
confiant, eh bien, ce sera confiance pour
confiance. Ah ! monsieur de Marigny, il faut
que vous aimiez beaucoup ma chère petite

fille, pour vous donner les airs de douter de moi !

— Ainsi ce que je vous ai dit n'a pas changé vos résolutions ! s'écria Marigny transporté.

— Non, répondit-elle. Pendant que vous me parliez de cette Vellini, j'ai senti, il est vrai, à plusieurs reprises, quelque chose qui s'effarait en moi, mais je me suis dit que tout considéré, il n'y a pas de mariage possible, si on exige un bonheur démontré certain. C'est assez triste, cela, mais il ne s'agit pas de gémir sur la nature humaine ; il s'agit de marier ma petite-fille, à moi, qui ai soixante-quinze ans. En brisant votre mariage aujourd'hui, je pourrais la laisser dans les larmes que ma vieille main n'essuierait pas... J'ai d'ailleurs pour garantie de ce bonheur qui est toujours une question, quoiqu'on fasse, votre amour et votre

loyauté, Marigny, la beauté sans égale d'Hermangarde et cet éloignement dont vous avouez
vous-même la nécessité. On s'est embarqué
souvent avec moins de lest sur la mer où
vous allez naviguer. —

Enchanté de ces assurances, M. de Marigny laissa la marquise dormir un peu dans
son grand fauteuil sur les excellentes dispo-
sitions qu'il ne craignait plus d'avoir compromises. Il reprit l'aplomb de son bonheur.
Il sourit un peu en pensant à madame d'Artelles et à la mine qu'elle ferait quand elle ap-
prendrait que l'histoire de cette *relation* à la
piste de laquelle elle avait lancé le Prosny, il
l'avait lui-même racontée et impunément à
la grand'-mère d'Hermangarde. M. de Marigny connaissait parfaitement *sa* comtesse
d'Artelles. La franchise aventureuse, imprudente qui lui avait réussi en disant tout à la
marquise, en n'énervant rien de la puis-

sance d'une ancienne maîtresse, en la pei-
gnant avec la force de ses souvenirs, devait
— bien loin de la ramener, — choquer et
aliéner davantage l'opiniâtre amie de madame de Flers. Et en effet, quand la marquise conta ce qui s'était passé entre elle et
son futur petit-fils, à madame d'Artelles :

— Eh quoi! ma chère, — répondit celle-
ci, ne montrant qu'un étonnement qui,
comme on voit, n'était pas à la gloire de
Marigny, — il a eu l'audace de vous raconter cette histoire ?...

— Oui, ma chère, il en a eu l'audace, —
repartit la marquise avec la petite taquinerie
qui est la grâce des plus solides amitiés, —
et comme toujours, avec nous autres femmes, jeunes ou vieilles, l'audace a réussi.
Elle m'a attachée à lui davantage. Car en
parlant comme il a fait, il devait savoir qu'il
exposait son bonheur. C'est plus que sa vie.

J'ai trouvé cela très-noble à lui,... presque chevaleresque. Vous l'arrière-petite-fille des plus anciens bannerets de France, osez me dire que cela ne l'est pas ! —

Et fine comme elle l'était, l'éloquente vieille enterra sous cette espèce d'argument *héraldique* les derniers murmures de l'antipathie de madame d'Artelles contre M. de Marigny. A partir de ce moment, la comtesse ne parla plus du mariage qui la désolait. Elle vit que le génie de Marigny l'emportait sur le sien.

— Vicomte, — dit-elle, outrée, à M. de Prosny, — comprenez-vous une pareille chose? Elle aime mieux ce Marigny que sa petite-fille, je n'en doute pas. —

Il importait peu que le Prosny comprît cela ou non. Mais ce qu'on ne saurait trop admirer, c'est la jeunesse de cœur de madame de Flers, attestée par le sentiment que

lui reprochait son amie. Oui, la Marquise
aimait Marigny, non pas mieux que son
Hermangarde, mais elle l'aimait et son affection n'était pas le reflet de l'amour qu'il
avait allumé dans sa petite-fille. Elle aurait
été sans enfants qu'elle l'eût appelé son fils
d'élection. Si, dans toute âme, l'amitié est,
sans comparaison, le plus beau des sentiments de ce monde, elle devient sublime
dans une femme, placée aux confins de la vie,
qui semble avoir tout épuisé et être devenue
inséductible. Le jeune homme qui l'inspire
doit en être plus fier que de toutes les turbu-
lentes passions qu'il a semées dans des
cœurs par l'âge plus rapprochés du sien.
Hermangarde aussi,— comme madame d'Artelles, — savait bien que sa grand'-mère aimait Marigny pour lui-même, et la tendre
et généreuse fille en était heureuse pour
son fiancé.

— Avouez que vous l'aimez autant que moi, maman ! — disait-elle avec l'accent du triomphe, la veille du jour fixé pour ce mariage, l'objet de leurs plus vifs désirs à tous les deux. —

Ils étaient restés avec la marquise, après les visites et les félicitations d'un pareil jour. Hermangarde seule n'était pas fatiguée. Reine que son diadème ne blessait pas, elle avait radieusement montré son bonheur, en âme fraîche et naïve, en vraie jeune fille qu'elle était. Elle avait écouté avec un ravissement qu'une divine réserve entrecoupait sans pouvoir le cacher, ces compliments dictés par l'usage à des bouches envieuses ou indifférentes. L'amour heureux chantait si bien, dans son âme, qu'elle en aimait tous les échos. Elle jouissait profondément de tout ce qui eût causé un peu d'embarras à toute femme moins fortement éprise. Ryno de

Marigny, en entendant ces douces paroles
vivifiées des plus célestes inflexions de l'a-
mour, serra la belle main qu'il tenait dans
les siennes et qui déjà était à lui.

— Et quand cela serait? — répondit en
riant la marquise, — je ne dépenserais pas
ton bien pour longtemps, petite, car dans
vingt-quatre heures, lui et toi, vous ne ferez
plus qu'un. —

Le lendemain, à midi, tout le faubourg
Saint-Germain assista au mariage de mademoiselle de Polastron et de M. de Marigny.
La marquise douairière de Flers avait voulu
donner à cette cérémonie la solennité qu'on
y donnait dans sa jeunesse. A présent, une
fausse pudeur, une pudeur anglaise qui met
sur tout son voile indécent, a fait du mariage une espèce de huis-clos mystérieux.
On cache son bonheur comme s'il était coupable. On ne sait plus en donnant la main à

une belle fille qu'on prend pour femme, sous l'œil de Dieu et à son autel, porter légèrement sur son front levé, le regard des hommes. On aime mieux recevoir furtivement la bénédiction du prêtre et s'enfuir dans une chaise de poste, comme une bête qui emporterait sa proie, que de donner à l'acte qui fonde une famille nouvelle la lente et majestueuse observance des convenances extérieures qui l'accompagnaient autrefois. La marquise de Flers n'était pas dévote, mais elle tenait aux traditions d'un autre âge. Elle voulut couronner la félicité qui était l'œuvre de ses mains, des pompes du monde, unies aux pompes de la religion. On se souvint longtemps à Saint-Thomas-d'Aquin,— cette aristocratique église où l'orgueil des races aime à se mettre à genoux devant Dieu, — de la messe de mariage de mademoiselle de Polastron. La musique en

avait été composée par une de ses amies,
célèbre depuis, et l'àme de la femme dans
ce morceau dont tout Paris parla et qui n'a
pas été recueilli, s'entremêla pour le rendre
plus touchant encore, aux mâles inspira-
tions de l'artiste. La marquise, douairière
de Flers, qui avait des relations de parenté
et de monde, avec toute la haute société de
Paris et de l'Europe, en avait convoqué le
ban et l'arrière-ban à ce mariage. La petite
église de Saint-Thomas-d'Aquin offrait un
spectacle, digne des derniers beaux jours de
la Restauration. On aurait pu se croire à
cette époque de dévotion mondaine, en regardant la foule incessante que des voitures
chargées d'armoiries, déposaient à chaque
instant sur les marches du parvis et qui allait s'entasser un peu confusément dans la
nef et jusque dans le chœur. Partout ce n'é-
taient que nobles visages, profils délicats ou

fiers, mises recherchées et simples sur lesquelles brillait, de temps eu temps, l'étoile en
diamants de quelque ordre. Chose qu'on
remarqua dans cette foule imposante, les
femmes étaient en majorité. Un mariage
d'amour, c'est une fête pour elles ! Et elles y
vinrent comme à une fête, élégantes ; pa-
rées, dans leurs plus charmantes toilettes du
matin, souriantes, rêveuses, intéressées,
curieuses surtout ! curieuses de voir l'une
des plus riches héritières de France prendre
pour époux et pour maître, un simple gen-
tilhomme sans titre, pauvre comme Job,
joueur comme les cartes, et libertin, disait-
on, comme le Valmont des *Liaisons dange-*
reuses. Pour des Françaises, chez qui les
folies de cœur sont si rares, cela méritait
d'être vu !

On avait placé deux fauteuils en velours
cramoisi à crépines d'or avec des coussins

de même couleur sur la marche supérieure
du maître-autel. C'est là que les mariés devaient s'asseoir pour entendre la messe.
Quand M. de Marigny monta jusque-là, en
donnant la main à mademoiselle de Polastron, il y eut, dans ce monde qui les connaissait pourtant tous les deux ; parmi les hommes, un murmure d'admiration pour elle, et
parmi les femmes, un silence pour lui.

Sans doute, on les jugeait dignes l'un de
l'autre. On comprenait que leur amour eût
été une prédestination.

Mademoiselle de Polastron était en blanc,
chargée de dentelles, mise comme toutes
les mariées du monde. Elle baissait ses longues paupières sur ses joues où l'émotion
versait de la pâleur, mais de la pâleur lumi-
neuse. A ces flots de mousseline des Indes,
qui enveloppaient sa beauté sainte comme
d'un nuage et dans lesquels les souffles de

la démarche trahissaient la précision des
plus purs contours, à sa virginité d'attitude,
à cette fusion divinement tempérée de la
Chasteté et de l'Amour, on pensait, malgré
soi, à l'Étoile du Matin, invoquée dans les
Litanies. Son voile de Malines, — ce manteau
impérial de toutes les mariées, fragile,
hélas, comme leur empire, — descendait
jusqu'à ses pieds ; et elle le portait de manière à justifier ce grand nom de la fille de
Charlemagne qu'on avait osé lui donner.
Près d'elle, se tenait Marigny. Il était mis
avec la simplicité qui sied aux hommes,
sûrs de leur puissance. Sans doute il était
heureux, puisqu'il épousait celle qu'il aimait
depuis longtemps ; mais pourquoi la pensée
que, dans quelques heures, il pourrait presser
librement sur son cœur cette adorable jeune
fille, ne lui attachait-elle pas aux tempes, un
plus splendide éclair ? Quelle était la rêverie

inconnue dont le voile se dépliait mollement
sur son front pensif ?... Qui sut, — si ce n'est
lui, -- l'émotion intérieure qui l'accompagnait
à l'autel ?... Comme le Jeune Homme du rêve
de Lord Byron, pensait-il alors, sous la
coupole étincelante de cette église qui versait une lumière rosée au col penché de
son Hermangarde, à quelque appartement
lointain et obscur, où jadis il eût serré une
main qui n'était pas celle qu'il avait alors
dans les siennes ?... Enfin était-ce l'Avenir,
était-ce le Passé qui assombrissait son visage
au moment où il aurait dû rayonner? Ou
tout simplement encore, était-ce l'oppres-
sion d'une félicité trop grande, la mélancolie du bonheur? car ils disent, les gens
qui ont été heureux, que le bonheur a aussi
sa mélancolie.

À côté des mariés, dans un fauteuil
semblable aux leurs, mais placé plus bas,

la marquise douairière de Flers, en robe de
pou de soie carmélite, en mantelet noir et
en mitaines, couvait de ses yeux maternels
dans lesquels brillaient cent ans de vie, sa
petite-fille et Marigny. La joie de son cœur
dorait ses rides.

— Regardez-la, vicomte! — dit madame
d'Artelles à son ancien Sigysbé, en mettant
son paroissien ouvert devant sa bouche
pour que la réflexion n'allât qu'à son adresse — perd-elle la tête, ma pauvre amie?
Elle a l'air plus heureuse qu'Hermangarde.
Si elle ne faisait pas épouser son Marigny à
sa petite-fille, je crois, en vérité, qu'elle
l'épouserait.

— Ce serait donc sa première folie, —
répondit le vicomte, en ricanant silencieusement, — car elle n'en a jamais fait pour
personne. C'est une fine mouche. Mais enfin

il est temps pour tout ; et tôt ou tard , il
faut bien que jeunesse se passe. —

Et tout enchanté de se trouver tant d'esprit , le vicomte de Prosny tourna orgueil-
leusement son binocle sur l'assemblée qui
emplissait la nef. Il distribuait des signes de
tête à toutes les personnes de sa connaissance. A force de regarder autour de lui,
son attention lassée se porta sur l'orgue qui
répandait alors ses fleuves d'harmonie sous
les arceaux de l'église ébranlée , et il ajusta
dans l'espèce de tribune qui s'ouvre des
deux côtés du majestueux instrument, une
personne qu'il ne croyait pas là , sans doute,
car il prit le plus surpris de ses airs étonnés,
et poussant sa joue avec sa langue et de
son coude le coude de la comtesse d'Artelles :

— Que le diable m'emporte, — dit-il sans

avoir égard à la sainteté du lieu, — si ce
n'est pas là la señora Vellini ! —

On touchait au moment le plus solennel de
la messe, mais le mot, prononcé à voix basse
par M. de Prosny, produisit son effet sur la
comtesse d'Artelles et la fit retourner fort
irrévérencieusement le dos à l'autel. Elle
aurait oublié Dieu le père lui-même en personne, pour voir la señora Vellini. Dix cu-
riosités, en une seule, braquèrent ses yeux
armés de lunettes, vers l'endroit que lui dé-
signa le vicomte. Elle voulait juger Vellini, cette terrible maîtresse de dix ans !
C'était la curiosité de la femme, qu'avait eue
aussi madame de Flers. Puis, c'était la curiosité de l'ennemie ! Pourquoi la señora
était-elle venue à ce mariage ? Était - ce
l'amour désolé qui entr'ouvrait et faisait
saigner sa blessure ? Était-ce le projet de
quelque scène, — de quelque scandale, —

peut-être de quelque vengeance? Quel sentiment enfin l'avait poussée à Saint-Thomas
pour s'y repaître les yeux et l'âme de
l'outrageant bonheur de M. de Marigny?
Questions qui faisaient palpiter tout ce qu'il
y avait de vivant dans madame d'Artelles.
Elle resta un moment à considérer la señora
comme si l'église avait été un théâtre et
qu'elle eût fixé une actrice.

— C'est donc cela, cette Vellini! dont
vous parlez tant! — dit-elle du même ton
que M. de Prosny avait pris pour lui parler,
mais avec l'expression du dédain le plus
aigu. —

L'Espagnole était assise du côté droit de
la tribune. Par la pose qu'elle avait alors,
on ne voyait que son buste. Elle portait la
robe de son pays, toute recouverte de dentelle noire par-dessus le satin luisant et sur
sa tête, elle avait sa mantille. Mise singulière,

en France, où tout ce qui n'est pas la tenue de tout le monde paraît trop hardi. Elle était accoudée, la main contre sa joue, à la balustrade en pierres de la tribune. L'opposition de ses vêtements noirs et de son teint bistre la faisait paraître plus jaune que jamais. Elle avait les yeux tournés vers mademoiselle de Polastron, qui devenait alors madame Ryno de Marigny.

Son regard, fixe et profond, était si chargé du magnétisme inexplicable qui n'a pas même besoin d'un autre regard pour fasciner, qu'Hermangarde en sentit la lourdeur oppressive sur ses candides et suaves épaules, voilées de la brume des dentelles. Malgré elle, malgré les ineffables délices dans lesquelles nageait son âme, la mariée distraite se retourna, cherchant vaguement d'où venait cette impression qui l'atteignait et qu'elle dut attribuer à l'orage, car on

était au mois de juin et la chaleur acca-
blait.

Quant à la comtesse d'Artelles, elle n'é-
tait pas de force à lire dans cet impénétrable
regard.

— Ma foi, — dit-elle, chuchottant toujours avec son vieux vicomte, — vous di-
siez très-bien. Elle est fort laide et l'air ef-
fronté de ses pareilles ne lui manque pas. Sa
mise est celle d'une baladine. Mort de ma
vie, ils sont jolis, les goûts des hommes de ce
temps en général, et de M. de Marigny en
particulier! —

M. de Prosny ne répondit pas. Il était allé
souvent chez la señora Vellini, et peut-être
avait-il plus d'indulgence que madame d'Artelles pour les goûts de la jeunesse de ce
temps.

— Elle a l'air bien tranquille pour faire
une scène, ajouta la comtesse. Et

pourtant dans quelle autre intention une
femme comme elle, serait-elle venue à ce
mariage? Qu'en dites-vous, monsieur de
Prosny? —

M. de Prosny n'en disait rien du tout. Il
était occupé à lorgner le côté gauche de la
tribune, dans lequel se trouvait une autre
femme, en noir aussi, comme la señora,
mais dont la pose était moins fière et moins
mondaine. Cette femme était à genoux sur
un prie-dieu placé au bord de la balustrade;
affaissée, le visage caché et soutenu par des
mains amaigries. On eût dit qu'elle était la
proie de sa propre prière, si elle en adressait
une au ciel ou de sa propre pensée si elle ne
priait pas.

— Comtesse, — s'exclama presque M. de
Prosny — voici un hasard des plus étranges!
Qui croyez-vous qu'est cette femme de l'au-
tre côté de la tribune et qui fait pendant à la

señora Vellini?... Tenez... là!... qui semble avoir peur d'être remarquée et pour cela, cache son visage dans ses mains?...

— Je ne vois pas très-bien... répondit madame d'Artelles, se penchant en avant, à cause d'un pilier, qui lui cachait la personne dont parlait M. de Prosny.

— Eh bien, c'est la comtesse de Mendoze!

— Par exemple!!!...

— Oui, c'est elle! reprit M. de Prosny. C'est cette pauvre comtesse, victime du monstre heureux qui se cambre si bien à l'autel dans ce moment. Admirez-vous une telle rencontre?... Le cœur romanesque a eu la même idée que la femme perdue, et le plus grand des romanciers, le Hasard, a voulu que toutes les deux assistâssent au mariage de leur ancien amant, à quatre pas l'une de l'autre, *de manière que... de ma-*

nière que... en reconduisant sa femme à sa voiture, ce Marigny du diable pourra voir ses vieilles conquêtes orner de leur présence son triomphe d'aujourd'hui. —

Il y avait dans l'accent de M. de Prosny le sentiment d'envie d'un vieux vaniteux oxidé, qui aurait savouré dans sa jeunesse avec la férocité d'un cœur sec, la jouissance égoïste qu'il attribuait à Marigny, et qui ne l'ayant point goûtée, se vengeait alors à en médire.

Madame d'Artelles reconnut madame de Mendoze.

— Il ne manquerait plus, dit-elle, que toutes les femmes qu'il a compromises fussent ici. Ce serait vraiment drôle. Vous avez un binocle à qui rien n'échappe, vicomte. Cherchez et avertissez-moi quand vous en verrez. —

Peut-être y étaient-elles en effet, parmi

ces femmes du monde qui baissaient alors
leurs longues paupières hypocrites sur leurs
missels, peut-être s'en trouvait-il plusieurs
que M. de Marigny *avait eues*, — comme
l'aurait dit M. de Prosny, avec un sans-façon
très convenable au moins dans ce cas. Elles
ont parfois, les femmes du monde, une
merveilleuse facilité d'oublier. Elles vous ont
appartenu tout entières, et s'il advient qu'elles vous rencontrent, elles ne vous font pas
même l'honneur de vous reconnaître. Elles
restent froides, souriantes de ce froid sourire stéréotypé à leurs lèvres, monnaie ba-
nale qu'elles donnent à tous. On jurerait
qu'elles ne vous ont jamais vu. Elles n'ont
pas assez de sang dans les veines pour être
trahies par une rougeur. Marigny, de l'autel
où il se mariait, aurait pu apercevoir un cercle de ses femmes oublieuses et naïvement
impudentes, l'entourer comme les spectres

de ses victimes entourent Richard III dans Shakespeare; mais pour lui, pour Marigny, pour ce Richard III de la séduction, il n'y aurait eu ni remords, ni horreur, ni épouvante, dans un tel spectacle, car les cœurs qu'il avait tués se portaient fort bien.

Excepté un seul pourtant, — qui n'avait pas profané l'amour, — renié le passé, en l'oubliant, — celui de madame de Mendoze, mourant d'un sentiment trop fort, déchirée par les limiers du monde, et venue dans sa dernière heure de détresse, s'abattre aux pieds de l'autel où son Marigny s'enchaînait à la vie d'une femme qui n'était pas elle, — comme une biche blessée au bord des eaux.

Et elle, l'âme douce et bonne, la comtesse Martyre de Mendoze (car elle s'appelait Martyre. Sortie du sein de sa mère par le fer, elle en avait été meurtrie et on l'avait appelée Martyre. Y a-t-il donc toute une destinée dans

un nom ?...) n'était point venue là, poussée
par une passion égoïste et mauvaise, une
curiosité haineuse ou jalouse. Lys broyé qui
donnait plus de parfums, depuis que la douleur avait macéré ses feuilles blanches, elle
ne haïssait pas Hermangarde et elle pardon-
nait à Marigny. Héroïque d'humilité tendre,
elle comprenait qu'il ne l'aimât plus et elle
en mourait. L'idée l'avait prise d'assister à
la navrante cérémonie qui achevait le malheur de son âme; d'en savourer, un à un,
tous les détails... Cruelle fantaisie que les
cœurs brisés connaissent ! On agace la plaie
qui saigne ; on égoutte sur ses lèvres la
coupe de poison.

Ah! ce jour-là, elle souffrit plus qu'elle
n'avait souffert depuis que M. de Marigny
l'avait abandonnée, mais une force surhumaine lui fit presser et tordre sa douleur autour de son cœur déchiré et courir à Saint-
Thomas-d'Aquin. Nulle invitation ne lui avait

été envoyée... Le noble Marigny, qui n'avait avec elle que les torts involontaires de la nature humaine, aurait regardé comme la plus implacable ironie d'adresser une lettre de *faire part* à cette femme pour laquelle il ressentait une pitié respectueuse. Il avait eu la délicate pensée de se rappeler à elle, en affectant de l'oublier. Il montrait combien le passé tenait de place dans son âme, par l'exception qu'il faisait d'elle, parmi tous ces indifférents qu'il conviait au spectacle de son bonheur.

Mais cette généreuse sollicitude fut inutile. Madame de Mendoze avait résolu d'aller secrètement, en voiture sans livrée et sans armoirie, à ce mariage, dont les Arsinoé du monde n'avaient pas manqué de lui indiquer le jour et l'heure, et elle accomplit son projet. C'était insensé... car à quoi bon s'attester une fois de plus qn'on est perdue ; que la

destinée qui vous tue depuis si longtemps,
va vous donner son dernier coup?... Mais
qui n'aime pas jusqu'à la folie, n'a jamais
aimé comme cette femme aimait.

Elle croyait qu'elle ne serait pas aperçue...
qu'elle pourrait se livrer à la fiévreuse ivresse
de ces larmes, qui en coulant, emportaient
sa vie. Pleurer là... à dix pas de lui qui l'igno-
rait... sentir son pied lui marcher sur le
cœur, sentir le pied d'une rivale préférée
(et pardonnée!) y joindre un poids plus insupportable encore, et prier pour tous deux;
demander à Dieu, les mains jointes, de les
bénir et d'éterniser leur amour, voilà la
sublime folie qu'elle voulait réaliser avant
de mourir tout à fait. Elle était déjà plus
d'à moitié morte et elle ne tenait plus à la
vie que par l'enthousiasme du désespoir.

Dieu la soutint, — car Dieu aime les folies
des âmes qu'il a créées immortelles. Pen-

dant cette messe qui dura longtemps, les
nerfs de cette frêle blonde, minée jusqu'à la
transparence, par une passion plus forte
que la vie, ne furent point au-dessous de
l'énergie du cœur. Nul sanglot ne trahit de
son rauque éclat le silence dans lequel cette
femme priait enveloppée. Nulle convulsion
ne la renversa sur la terre. Elle se tint à genoux sans faiblir. Elle vit tout. Elle entendit tout, le prêtre qui *les* bénissait, la foule
qui *les* admirait, le double anneau, le double *oui* prononcé avec tant d'amour par les
deux voix qui le disaient, et elle endura
cette torture, immobile, voilée, buvant ses
larmes qui dévoraient ses joues en y ruisse-
lant et sans que personne auprès d'elle pût
se douter de son supplice. M. de Prosny et
la comtesse d'Artelles l'avaient bien reconnue, mais ce qu'elle éprouvait, Dieu seul le
vit et en eut pitié. Elle réalisait pour Mari-

gny le mot de sainte Thérèse qui défiait
Dieu de l'empêcher de l'aimer, même en la
damnant, même en la plongeant dans son
enfer. Ce ne fut qu'après que tout fut fini,
quand le *consummatum est* de la félicité pour
eux et du malheur pour elle, eut été écrit
dans le livre du destin, qu'elle sentit l'espèce
de fièvre qui l'avait animée, tomber et
s'éteindre. Tout le temps qu'il y eut quelque
chose à voir de la poignante cérémonie pour
laquelle elle était venue, elle fut forte de
résignation, haletante de curiosité, assoiffée
d'un martyre qu'elle voulait souffrir pour le
Dieu de sa vie, qui, comme le Dieu du ciel,
ne le verrait pas et jamais ne l'en récompen-
serait... Mais quand les mariés, la messe
dite, eurent redescendu la nef, suivis d'un
flot de parents et d'amis, à travers la brillante assemblée qui se pressait sur leur pas-
sage ; lorsque les derniers bruits des voi-

tures se furent perdus au loin et que l'église
— peu à peu redevenue déserte, — eut repris son silence accoutumé, la faiblesse revint au cœur de l'infortunée comtesse et elle
crut qu'elle allait mourir. Le sol lui parut
tourner autour d'elle. Elle eut peur de s'évanouir dans cette tribune vide et solitaire où
elle était restée. Elle en redescendit l'escalier, chancelante et n'ayant plus qu'une pensée : — le désir d'aller mourir plus loin ; —
touchante pudeur de femme malheureuse,
dernier soin de la fierté d'une Mendoze qui
voulait sauver sa mémoire de l'insulte pro-
diguée à sa vie.

Quand elle arriva au bénitier où sa main
défaillante s'appuya, elle vit de l'autre côté
de cette conque de marbre qui contient l'eau
sainte, une femme qui y trempait sa main.

— Ah!!! dirent-elles toutes deux en se
reconnaissant. Cri réciproque et involon-

taire auquel le sentiment d'une vieille haine
donna une étrange profondeur. L'église retentit de ce double cri, si bref et si sombre.
Mais personne, — excepté ces deux femmes, — ne s'y trouvait alors et ne fut scan-
dalisé d'entendre la voix des passions troubler la paix du sanctuaire.

Elles s'étaient vues déjà. — Vellini, pendant la liaison de M. de Marigny et de madame de Mendoze, avait, curieuse et peut-
être jalouse, (qui lisait dans cet inscrutable
cœur?) poursuivi, d'une recherche acharnée,
la femme qui lui avait succédé dans le cœur
de son amant. Elle s'était multipliée et re-
pliée autour de la comtesse, partout où elle
avait pu la rencontrer. Souvent madame de
Mendoze avait involontairement frémi en
apercevant dans la foule, — soit au théâtre,
sur le devant d'une loge, placée en face de
la sienne, — soit sur les marches de l'escalier

des Italiens, lorsqu'avec mille autres, elle y
attendait son tour de voiture, — une femme
mince et fièrement cambrée, qui, comme
une vipère dressée sur sa queue, comme la
guivre du blason des Sforza, lui lançait deux
yeux d'escarboucles, opiniâtrément dévo-
rants. On a déjà vu combien l'amour si
ardent de cœur et si pur de sens, de la
comtesse de Mendoze, paraissait faible et
misérable à la fougueuse et sensuelle Vellini. Et cela qu'elle ne comprenait pas, (quand
elle rencontrait madame de Mendoze) lui
affilait encore le regard et le rendait insupportable.

Aujourd'hui, elle ne se contenta pas de la
regarder, elle lui parla.

— C'est donc vous, comtesse de Mendoze!
— lui dit-elle, familièrement, en digne fille
adultérine d'une duchesse qui croyait, sans
doute, que toutes les femmes étaient égales

devant l'amour. — Il y avait longtemps que nous nous étions vues. Nous nous rencontrons donc encore une fois.

— Vous savez mon nom, madame, — répondit la comtesse, avec une dignité triste qui trancha sur le ton hardi de la señora, — moi, je ne sais pas le vôtre. Mais depuis longtemps, je vous connais. Jamais vous ne m'aviez parlé jusqu'ici, mais les sentiments vrais se devinent. J'ai cru autrefois que vous aviez sur moi de méchants desseins. Je sentais en vous une rivale. Je sentais que vous deviez aimer comme moi Ryno de Marigny.

— Non, je ne l'aimais plus, reprit Vellini, — je l'avais aimé ! Si je vous suivais dans la foule, si je cherchais à lire dans votre âme à travers votre blanc visage, c'est que je ne pouvais comprendre que le Ryno, qui avait été à moi, pût être à vous !

— Ah! si j'en avais été trop fière, — dit
madame de Mendoze, qui ne plia pas plus
qu'elle ne se révolta sous cet arrogant mépris, — j'en aurais été bien punie. Une plus
belle que moi m'a vaincue.

— Une plus belle que nous deux, madame ! — repartit Vellini touchée de cette
grandeur modeste, et cherchant à s'y asso-
cier en se faisant justice.—Vous étiez déjà plus
belle que moi, mais si je ne comprenais pas
qu'il pût vous aimer, lui, c'est que je connaissais, c'est qu'il me racontait votre
amour.

— Hélas, madame, — reprit la pauvre
comtesse à qui son tendre cœur ne reprochait rien, — comment donc était-il, votre
amour, puisque le mien vous faisait pitié?

— Oh! le mien! — reprit Vellini, — en
rejetant sa tête en arrière, avec un éclat
dans la voix auquel un tressaillement des

échos de l'orgue répondit. Puis, elle ajouta
d'un ton plus bas avec la superstition re-
trouvée d'une Espagnole : — mais cela ne
peut se dire dans l'église...

Et comme pour écarter les deux démons
de la Volupté et de l'Orgueil qui la poussaient
à faire curée devant sa rivale des souvenirs
de son amour, elle qui pensaît si peu à
Dieu d'ordinaire, se couvrit d'un grand
signe de croix.

La comtesse eût une rougeur sous sa pâleur de larmes. L'accent de la Malagaise lui
révélait d'épouvantables bonheurs dont l'i-
dée n'avait jusque-là jamais approché de son
âme, chaste comme la neige des glaciers, —
mais comme la neige des glaciers, quand
elle commence de devenir fumante sous les
forts rayons du soleil.

— Je ne veux pas le savoir non plus, —
dit madame de Mendoze avec le sentiment

d'un affreux regret. — Mais l'amour, c'est le dévouement, et si vous l'aimiez encore, Madame, comme moi je l'aime toujours, dites, qu'auriez-vous fait aujourd'hui ?

— Si je l'aimais encore !!! Voyez-vous ce *cuchillo*, comtesse ? — reprit la señora en tendant une espèce de couteau grossier, par-dessus le bénitier, à madame de Mendoze qui eut horreur de l'instrument et du geste. Je serais venue ici même, au pied de cet autel, l'enfoncer dans le cœur de celle qu'il épouse, pour qu'il n'en eût jamais d'enfant. —

Et l'idée qu'elle exprimait lui fit monter le sang aux tempes et à ses yeux cruels qui s'injectèrent. Son visage noircit. On voyait qu'elle ne se vantait pas et qu'elle était très-capable de ce qu'elle disait.

— Et moi, Madame, — dit la comtesse, — j'ai fait mieux que cela. J'ai prié pour lui, j'ai prié pour elle. J'ai demandé à Dieu de les

bénir et de bénir leurs enfants. Méprisez-moi
de tant de faiblesse, mais je crois l'aimer
mieux que vous. —

Évidemment, la fille du Toréador ne
comprit rien à cet héroïsme de l'amour dévoué. Un poing à la hanche, le front contracté, elle écoutait avec un mépris aveugle
les paroles de madame de Mendoze..... Et
comme si elle lui eût jeté la foudre :

— Priez donc, — dit-elle avec triomphe,
— et aimez-le, ce sera en vain !... Vous ne
le reverrez pas à vos pieds. Moi, je ne l'aime
plus ; je ne prierai pas et pourtant il me reviendra ! —

Ce fut au tour de la comtesse de ne pas
comprendre.

— Elle est folle, — pensa-t-elle, — l'a-
mour l'a égarée. Serait-ce vrai ? L'aimerait-
elle mieux que moi ?

— Oui, il me reviendra ! — reprit cette

étrange Prophétesse des passions éteintes,
— La *chaîne du sang* est entre nous. Vous ne
me croyez pas, Madame, mais écoutez-
moi :

Et lui prenant la main, elle l'entraîna
vers la porte, comme si ce qu'elle avait à lui
dire n'avait pu être prononcé dans le lieu
saint, — et elles sortirent de l'église toutes
les deux.

FIN DE LA PREMIÈRE PARTIE.

DEUXIÈME PARTIE.

I

La Comtesse d'Artelles au Vicomte de Prosny.

Carteret.ç... octobre 185.....

— Comment , cher vicomte , quatre mois passés sans m'écrire ! Je serai donc obligée de vous prévenir ! Certes , je suis restée assez longtemps dans la majestueuse dignité du silence , attendant votre hommage qui n'est pas venu. Mais cette dignité

m'ennuie à la fin, et d'ailleurs, à nos âges,
les avances ne compromettent plus. Rengor-
gez-vous donc, car en voici une très-posi-
tive que je vous fais. Pourquoi ne m'écrivez-
vous pas ? Me croyez-vous donc si occupée à
contempler les huit béatitudes de la lune de
miel de notre chère Hermangarde que je
n'aie plus d'attention et d'intérêt à vous
donner ? La marquise de Flers vous a fait
ainsi qu'à moi la politesse de vous inviter à
sa campagne. Vous avez refusé, Dieu sait
pourquoi. Mais du moins, vous m'aviez
promis de m'écrire et cependant, depuis
que je suis ici, je n'ai reçu nulles nouvelles
de vous. Autrefois (ce mot que nous disons
si souvent maintenant !) autrefois, vous
étiez plus exact et plus empressé, vicomte.
Il me semble que sans beaucoup fureter, je
pourrais trouver dans un coin de mon petit
secrétaire de sainte Lucie deux paquets

noués d'une *faveur* rose dont toutes les lettres mirent moins de temps à m'arriver
qu'une seule que j'attends encore aujour-
d'hui. Je sais bien que nous n'avons pas tout
à fait les mêmes choses à nous dire qu'alors.
Le temps, en passant sur nous deux, a pris
soin de vous ménager des excuses et de justifier votre paresse. S'il n'a pas mis l'oubli
dans votre cœur, il a étendu la goutte sur
vos doigts. Seulement, monsieur, a-t-il res-
pecté les miens davantage ? Cette coquine de
Sophie Arnould, qui, dans toute sa vie, n'a
jamais connu d'honnête femme, disait que
cette vilaine goutte qui empêche de garder
ses bagues, était la croix de Saint-Louis.....
de je ne sais plus quoi. Cette croix-là, vous
l'avez probablement bien gagnée, monsieur
de Prosny, mais, moi qui n'ai pas, Dieu merci,
vécu comme vous, mon cher vicomte, je
la porte aussi sur l'épaule comme les chanoi-

nesses portent la leur. Au moment même où je vous écris, l'épaule n'est pas seule ag-gressée. Ces mains que vous avez trouvées jolies sont ornées d'une petite enflure qui est fort loin de les embellir. Cependant je n'emmitoufle pas mes sentiments dans mes petites souffrances et je vous griffonne mes bonjours du fond de mes mitaines pour vous prouver, une fois de plus, que nous autres femmes, nous valons mieux que vous autres hommes aussi bien en amitié qu'en amour.

Encore si c'est là ce qui vous empêche de m'écrire ! Mais peut-être êtes-vous dans votre silence bien moins intéressant que je ne le crois. Je vous rêve souffrant et je m'in-quiète. Et peut-être vous portez-vous comme *un charme*, la main agile (cette main qui n'é-crit pas !) la jambe leste, courant partout, dînant en ville, jouant au tric-trac jusqu'à minuit et ne pensant guères à votre vieille

amie, si ce n'est le soir, par hasard, en rentrant chez vous et en piquant votre épinglette
sur la pelotte que je vous ai brodée ; inutile
et muet souvenir ! Oui, peut-être vous serez-
vous consolé peu à peu de mon absence. Les
premiers jours auront été durs. Je vous aurai beaucoup manqué , sans nul doute , moi
chez qui vous veniez assez habituellement
tous les soirs. Mais vous vous en serez allé
chez la douairière de Vandœuvre (ma rivale
d'un autre âge) et vous aurez fini par trouver
ses bergères aussi moëlleuses que mon grand
fauteuil à la Voltaire, et ses commérages
aussi amusants que les miens. Voilà la vie !
On n'oublie pas, mais on remplace. Vous
voyez que le scepticisme , cet enfant pos-
thume de l'expérience , est là tout prêt à me
corriger de mes illusions si je m'en faisais,
même sur vous. Ne vous récriez pas ; ne
vous révoltez pas ; je ne récrimine pas. Je

peux absoudre un ami comme vous de ses petits torts et de ses petits défauts et l'aimer encore par-dessus le marché. Cela n'enlève rien, je vous assure, à l'affection que je vous conserve. Jeunes, on s'aime, sinon les yeux fermés, au moins aveuglés de flammes ou de larmes. On ne se voit guères comme on est. Mais quand on est vieux on peut s'aimer les yeux ouverts et même à travers les lunettes qu'on porte pour y voir plus clair. Triste sentiment, diront les cœurs difficiles à qui le temps rabattra un jour le caquet, mais en somme le plus méritoire, car lorsqu'on s'aime ainsi, l'égoïsme n'a rien à y reprendre et c'est qu'il est véritablement impossible de s'empêcher de s'aimer.

Me reconnaissez-vous à ce langage, mon cher vicomte? Vous le voyez, ces quatre mois passés loin de vous ne m'ont pas changée. Ils n'ont point emporté cette manie que

j'ai depuis trente ans de moraliser sur le
cœur. Vous souvenez-vous quand vous m'ap-
peliez votre *belle métaphysicienne?*..... Ah !
mon vieil ami , j'ai pu l'exercer, ma méta-
physique , depuis que je suis dans ce pays.
Les sentiments d'Hermangarde pour son
mari, de M. de Marigny pour Hermangarde
sont un merveilleux thême offert par un hasard bienfaisant à l'observation et à l'ana-
lyse. J'assiste , vous en doutez-vous?... à un
de ces spectacles comme on n'en voit pas
beaucoup dans la vie , au spectacle de l'a-
mour, sanctifié par le mariage , de l'amour
légitime et heureux ! J'en jouis profondément comme d'un rayon qui vient réchauffer
ma vieillesse avec mélancolie , car il éclaire
davantage les indigences de mon passé. A
cette lueur si pure et si douce , en présence
de ce bonheur si grand , si tranquille , je
vois mieux tout ce qui a manqué à ma jeu-

nesse, mais je le vois sans en souffrir. Le
regret qui fait le fonds de la vie de tant de
femmes, jette son ombre sur mes pensées,
mais il ne fait point naître dans mon âme des
sentiments envieux ou amers. Quand mes
facultés étaient plus vives, mes soifs de vivre plus exigeantes, je n'aurais pu suppor-
ter le spectacle que je vois encore une fois
avant de mourir et qui est si beau, mon
pauvre vicomte, que tout ce qu'on nous
conte du Paradis ne peut pas être mieux
que cela.

Vous étonnez-vous de ce que je vous
mande? Oui, n'est-ce pas? Eh mon Dieu,
moi aussi j'ai été étonnée, et même
confondue d'étonnement! J'ai commencé
par là. Mais il a bien fallu convenir que ce
mariage imprudent était, en définitive, de
toutes les témérités la plus heureuse. Il a
bien fallu s'humilier et faire réparation à ma

vieille amie, la marquise de Flers, laquelle s'est trouvée par l'évènement avoir mieux jugé que moi et le monde, M. de Marigny et son amour. Vous vous rappelez de quelles défiances j'étais armée contre cet homme, trop supérieur, s'il était faux, pour n'être pas excessivement dangereux. Je l'envisageais à travers la plus détestable des réputations. Cette hécatombe de femmes sacrifiées dont le monde parlait, la maladie et le chagrin de madame de Mendoze et surtout cette liaison de dix ans avec cette horreur d'Espagnole que je ne connaissais pas et que vous m'avez montrée à son mariage, tout cela *nous* faisait conspirer contre la résolution prise par notre amie de donner sa petite-fille à M. de Marigny. Vous vous rappelez si nous y sommes allés de main-morte! si nous n'avons pas tout tenté pour arracher Hermangarde à l'affreux malheur qui la me-

naçait, du chef têtu de sa grand'-mère ? Eh
bien, qui l'aurait cru ? Cette tête-là avait raison contre nos deux fortes judiciaires, mon
digne ami. Le roué, le don Juan, le Lovelace
était sincère et profondément épris. Le Diable, sans être vieux, devenait ermite, mais
aux pieds d'une si divine Madone que toutes
les voluptés de sa vie devaient avoir moins
de charmes que cette douce pénitence d'a-
mour. Ah ! vous ne le croirez pas tout de
suite. On ne croit guères pareille chose qu'à
la dernière extrémité. Mais *je l'ai vu, de mes
propres yeux vu ; ce qui s'appelle vu !...* Voilà
quatre mois que j'observe ce Marigny qui
m'était si suspect et sa femme, et vraiment
je n'oserais pas dire lequel des deux aime
davantage. S'il fallait parier pour l'un ou
pour l'autre, je crois, d'honneur, que c'est
pour lui que je parierais.

Et n'allez pas pour vous expliquer ma

palinodie, vous imaginer qu'il m'a séduite
aussi, ce grand vainqueur ; qu'il se soit em-
paré de moi, comme il l'avait fait de la marquise avant son mariage, et qu'à force d'a-
mabilités respectueuses, avec le tact prodi-
gieux qu'il a et l'esprit de tout un enfer sous
les grâces impérieuses d'un de ces Archanges
qu'on appelle des Dominations (car il a tout
cela à son service, quand il veut réussir) il
m'ait aveuglée après m'avoir conquise. Non:
je n'ai pas l'imagination éternellement jeune
de la marquise. J'ai toujours constaté la
force d'influence qu'il y avait en M. de Marigny, mais je ne l'ai jamais subie. Je ne me
pique que d'être raisonnable, et je me tiens
ferme bien longtemps, appuyée sur mes pré-
ventions quand j'en ai. Dans ces conditions
et pour une femme qui aima jadis, l'erreur
ou l'illusion étaient-elles possibles ? N'est-il
pas aisé de distinguer l'amour de ce qui n'est

pas l'amour, fût-ce le désir le plus inextin-
guible, allumé par la plus adorable beauté!
Certes, Hermangarde est bien belle. Elle
peut ressusciter dans la poitrine du libertin
le plus prostitué les plus brûlantes palpita-
tions de sa jeunesse. Mais ce n'est pas là la
vie profonde, sereine, permanente de l'a-
mour heureux et possesseur. Je ne m'y
trompe pas. Je suis sûre de ne pas m'y tromper. Ce qu'éprouve Marigny en ce moment
est mieux qu'une passagère et grossière
ivresse. Je n'ai pas besoin des sourires noyés
d'Hermangarde, de cette bonne pâleur que
le bonheur étend sur les joues des femmes
dont le cœur est plein, de ces rêveries qui
penchent son front tout rayonnant des félicités de son âme, pour m'attester qu'elle est
admirablement aimée. Je n'ai besoin que de
regarder Marigny. Sa voix, son geste, toute
sa personne, ce qu'il dit, ce qu'il ne dit pas,

respire l'amour et l'exprime avec la plus ir-
résistible éloquence. Pour toutes les choses
de la vie, il étend sous les pieds d'Hermangarde, le manteau de velours que Raleigh
étendait sous les pieds de sa souveraine, et
c'est lui, lui qui est le souverain et le maître
depuis quatre mois! Ah! je ne doutais pas
d'Hermangarde! Elle l'aimait à m'effrayer
moi-même. Je ne doutais que de lui, indigne
à mes yeux de cette ardeur profonde et
contenue qu'il inspirait à cette trop sensible
enfant. Mon amour-propre d'observatrice
me dit que je n'avais pas tort peut-être,
mais le mariage a transfiguré Marigny. Vous
ne le reconnaîtriez pas. Ce que je haïssais en
lui a disparu. C'était cet orgueil de Tout-
puissant qui flambait sur son front, même
alors qu'il l'inclinait devant vous; c'était ce
sentiment de familiarité audacieuse qu'il
avait avec toutes les femmes et qui perçait

jusque sous les formes polies de son respect;
c'était enfin cette attitude d'*aventurier* qu'il
affectait dans le monde, comme si ne relevant que de lui-même, il aimât à trancher
sur le fond des hommes, nés comme lui, qui
se réclament de leur naissance et de leurs
relations. A présent, avec ses quatre-vingt
mille livres de rente que la plus belle fille de
France lui a apportées dans la queue de sa
robe, ce n'est plus qu'un magnifique gentil-
homme, d'un très-grand aplomb et de très-
grandes manières, mais tempérées par l'a-
mabilité d'un sentiment délicieux qui crée
au-dedans et au dehors de soi une inexpri-
mable harmonie. Quelle magie que celle du
bonheur! Quel velouté il met sur toutes choses! Et comme l'homme, pour peu qu'il soit
de noble origine, s'accomplit quand il aime
et qu'il est heureux!

Inutile de vous dire, mon cher vicomte,

le ravissement de la marquise. Elle est aux anges. Sa joie de sentir Hermangarde l'objet de soins, qui ressemblent plutôt à un culte qu'à une suite d'attentions passionnées, est doublée par la surprise que j'ai éprouvée, en voyant les choses tourner d'une façon si opposée à mes prévisions et à mes craintes. Elle triomphe deux fois. Quoiqu'elle ait toujours été plus heureuse que moi et que ce pauvre marquis de Flers l'ait aimée avec un dévoûment et une adoration sans bornes, elle avoue pourtant que le bonheur de sa fille est plus grand que le sien n'a jamais été. « J'étais, — dit-elle avec une distinction fort juste, — l'idole de 'M. de Flers, et c'était tout ou à peu près ; mais ma petite-fille et Marigny sont leur idole à l'un et à l'autre. En fait de jouissances, c'est la moitié de plus que moi. » Elle a raison. Assurément M. de Marigny ne rappelle guère cette gras-

seyante miniature du marquis de Flers que
vous avez connu ; lequel disait si joliment
mon cœur à sa femme et qui portait de la
poudre de la couleur des cheveux de la
Reine. Le mari d'Hermangarde n'a rien de
cette fraîche et tendre élégance de pastel.
Sa grâce, à lui, est le souple mouvement de
sa force. Il a quelque chose de si mâle, de
si *léonin*, — diraient les écrivains de ce
temps-ci, — dans l'esprit et dans la physionomie, que l'amour qu'il inspire doit être de
l'émotion en permanence, et celui qu'il res-
sent, la plus enivrante attestation qu'on est
bien puissante, puisqu'on a pu le subjuguer.
Cela est divin, cela. De tels sentiments, de
telles sensations ont été inconnus à la marquise qui menait son mari avec les genoux,—
comme les bons écuyers mènent leurs bêtes,
— et une facilité si grande que pour la
gloire de son empire elle mettait beaucoup

d'habileté à le cacher. Elle n'avait pas, il est vrai, les exigences d'imagination d'Hermangarde, — cette idéale Malvina à qui tous les Flers de la terre, avec leurs figures d'Adonis et leur ton musqué, n'auraient jamais arraché un regard seulement de profil, — mais elle est restée assez femme pour reconnaître que l'amour d'une femme pour un homme doit être mêlé de beaucoup de respect et d'un peu de crainte, comme l'amour de Dieu.

« Elle et moi, mon cher vicomte, savez-vous à quoi nous passons notre temps à Carteret? A supputer sur nos dix doigts tous les motifs qu'a cette chère Hermangarde d'être la plus heureuse des épousées. Chaque jour nous en découvrons de nouveaux. C'est ceci ou cela que nous ajoutons à la somme de tous ses bonheurs. Jamais dévotes n'ont tourné dans leurs doigts les grains bénis de

leurs rosaires plus que nous ne roulons et ne
déroulons ce long chapelet de jouissances
qui compose la vie de notre belle et charmante enfant. Nous voyez-vous bien, d'où
vous êtes, recueillies dans cette fervente et
perpétuelle occupation ? Le théâtre de ce
pieux exercice est un grand diable de château que je n'aimerais pas, si on ne s'y aimait
pas tant... De toutes les propriétés de la
marquise, c'est la seule que je ne connaissais
pas. Ce château, d'un aspect sévère, est bâti
sur le bord de la mer, au pied d'une falaise
qui le domine. La mer est si proche, qu'à
certaines époques de l'année elle vient battre le mur de la grande cour, construit en
talus pour mieux résister à l'effort des vagues. Des fenêtres de la chambre où je vous
écris, je vois une longue étendue de grèves
assez monotone, et qui ne charme pas beaucoup des yeux usés et fatigués comme les

miens. Tout d'abord, vous ne discernerez pas mieux que moi, mon cher vicomte, ce qui a décidé la marquise à choisir sa terre de Carteret pour y venir passer les premiers mois du mariage de sa petite-fille, de préférence à son beau et très-commode château de Flers, situé aussi en Normandie?... Eh bien, la raison de ce choix est la curiosité d'Hermangarde qui ne connaissait pas la mer et dont la jeune tête est autrement conformée que la nôtre, car elle raffolle de cet endroit qu'elle trouve superbe et ravissant. La marquise et moi, nous avons donc sacrifié nos rhumatismes et nos goûts à ce désir de *notre* fille, et nous avons bravement exposé à l'air salé de ces rivages, nos délicatesses de grandes dames élevées par un siècle qui se souciait assez peu des beautés de la nature, quoiqu'il en parlât beaucoup. Hermangarde qui n'a point passé sa jeunesse au

fond des boîtes, doublées de satin, où nous
avons passé la nôtre, sans descendre jamais
des talons rouges sur lesquels on nous faisait
percher, Hermangarde préfère à Paris les
côtes de la Manche. Extasiez-vous de cette
fantaisie, mon cher contemporain ! Elle y
veut rester tout l'hiver. Elle nous a, l'autre
jour, déclaré cette résolution d'une âme en-
chantée, qui n'a pas encore apaisé son besoin
d'intimité et de solitude. En l'entendant,
nous avons frissonné, sa grand'mère et moi,
par anticipation et par sympathie, car le
froid est terrible dans ce château inhabité
depuis longtemps et dont les murailles sont
verdies par l'humide souffle qui vient de la
mer. M. de Marigny exprima le même vœu
que sa femme. Il tient extrêmement à ne pas
rentrer de sitôt à Paris où il pourrait rencontrer de nouveau cette *Malagaise* avec laquelle il a vécu si scandaleusement pendant

dix ans. La marquise, fort renseignée sur
son histoire, est très-touchée de cette pré-
caution qu'il prend contre lui-même et contre d'anciens souvenirs. Mais moi qui ai vu
l'espèce de femme dont il s'agit et qui, à
dater du moment où je l'ai aperçue, n'ai pu
croire un mot des *Mille et une Nuits* que
vous m'avez contées sur elle, j'estime la pré-
caution de Marigny parfaitement inutile, et
son mérite à peu près nul.

« Ainsi tenez-vous-le pour dit, mon cher
vicomte ; ils passeront probablement l'hiver
ici, puisqu'ils le désirent. Ils sont jeunes, ils
sont forts, ils se portent bien, ils s'adorent,
ils veulent être seuls. C'est au mieux. Mais il
est convenu que les deux douairières re-
tourneront à Paris. Nous les laisserons aux
bras, l'un de l'autre, et nous causerons d'eux
avec vous, cet hiver, dans le boudoir rose et
gris de la rue de Varennes. Nous n'avons

pas envie de nous priver encore de la vue d'une félicité conjugale qui fait la nôtre, en mourant mal à propos d'une goutte rentrée ou d'un catharre. A nos âges, le froid est mortel. Il faut beaucoup d'ouate aux choses fragiles. Le froid nous chassera d'ici comme les hirondelles, seul rapport que des vieilles comme nous aient avec les oiseaux du printemps! Nous filerons aux premières bises. Mais quand sera-ce? Je n'en sais rien. L'Automne n'est pas beaucoup avancé, cette année. C'est la plus belle saison en Normandie. Vous avez certainement le temps de me répondre et de me raconter votre vie de là-bas comme je vous ai raconté la mienne. Que faites-vous? Que devenez-vous? Avez-vous revu cette Vellini que je ne crains plus? Et cette pauvre madame de Mendoze?... Se console-t-elle enfin ou s'obstine-t-elle à mourir?... Écrivez, vicomte. Je l'exige. La marquise vous envoie par moi les plus gracieux compliments qu'on puisse adresser à un indifférent comme vous. Moi, toujours indulgente, je vous aime malgré vos forfaits, et je vous enveloppe mille reproches dans mille tendresses ; ce qui fait, Monsieur, deux mille choses aimables que vous ne méritez pas.

Y. DE BIGORRE, comtesse D'ARTELLES.

II

On guérit de la peur.

Quand madame d'Artelles, retirée dans son appartement, eut cacheté la lettre qui précède à son ami et un peu vassal, M. de Prosny, elle quitta l'embrâsure de la fenêtre à la lumière de laquelle elle avait tracé sa missive, et elle descendit dans le salon.

C'était le moment où d'ordinaire il s'y trouvait toujours quelqu'un. Cinq heures du soir venaient de sonner. A cette heure-là, madame de Flers qui déjeûnait seule et qui

avait reçu chez elle tout le jour, soit M. de
Marigny, soit Hermangarde, soit madame
d'Artelles, avait terminé sa toilette et pouvait vaquer, si besoin était, à tous ses devoirs
de châtelaine. N'oublions pas pour faire
mieux comprendre cette douairière incom-
parable, comme le monde n'en reverra jamais plus, que sa toilette était d'autant plus
longue qu'elle la mesurait sur son âge. Elle
pensait comme ce jeune et aimable sage dont
elle aurait été digne d'être la mère, et à qui
de précoces infirmités avaient appris la vieillesse (1) : que *plus on vieillit,* plus *on doit se
parer.* Aux différentes phases de sa vie, elle
s'était mise avec le goût d'une femme qui a
dans l'esprit toutes les nuances. Elle prou-
vait, à son déclin, qu'elle savait son métier de
vieille, comme elle avait su tous les autres,
à chaque marche de cet escalier du temps

(1) Vauvenargues.

qu'elle avait descendu, comme elle descen-
-dait dans sa jeunesse le grand escalier de
Versailles. « Les femmes comme nous, —
disait-elle souvent, — se doivent de mourir
dans leurs dentelles. » C'était, à ses yeux, la
pourpre qu'il ne fallait jamais dévêtir, quand
on avait été une des reines de l'Aristocratie
française qui avaient porté le sceptre d'é-
ventail à Trianon.

L'exactitude de grande dame que madame
la marquise de Flers admettait dans toute
son existence d'intérieur, ne s'était point
démentie. On la voyait assise à la place con-
sacrée, dans une vaste bergère, posée contre le trumeau entre la cheminée et la fenêtre. Cette bergère de satin clair broché, et
que le temps avait un peu jaunie, était, —
avec une autre entièrement semblable et
probablement destinée à madame d'Artelles,
—les deux seuls meubles d'une époque mo-

derne qu'il y eût dans ce vaste salon, décoré
à la Louis XIII, et dont l'ameublement de
velours ponceau et de chêne sculpté étalait
gravement un luxe royal. Elles faisaient là,
du reste, comme un contraste singulier. Elles
avertissaient suffisamment l'observateur de
la différence des temps et de l'amollissement
des races. Ces femmes nées sous les cour-
tines des lits Pompadour, et qui, sans la Révolution française, n'eûssent jamais pris la
peine de marcher à pied, n'auraient pu sou-
tenir la fatigue de rester longtemps dans un
de ces grands fauteuils où la reine Marie de
Médicis se tenait, toute droite, sous son busc.
Leurs corps affaiblis avaient besoin de retrouver les molles sensations d'une jeunesse
à laquelle il avait fallu, pour apprendre le pli
de la rose, l'écroulement d'une monarchie.

Lorsque madame d'Artelles souleva la
portière du salon, la marquise de Flers était

seule, les mains nues et oisives, comme toujours ; l'une allongée sur le bras de sa
bergère, l'autre posée sur un guéridon
chargé de journaux, de quelques livres,
d'une tabatière d'écaille et de lunettes, re-
vêtues de leur étui de chagrin. Elle semblait
si préoccupée que tout d'abord elle n'aper-
çut pas son amie. De la main appuyée sur le
guéridon, elle tenait par un de ses angles
une lettre pliée qu'elle regardait à rapides
intervalles. Son front clair, sous ses rides
longues et droites, s'obscurcissait des sou-
cis de la réflexion. Elle relevait parfois son
regard de la lettre qu'elle tenait, sur la mer
qu'on apercevait de la fenêtre et dont les
flots montants, — devenus plus verts à
l'approche du soir, — emplissaient démesu-
rément ce petit hâvre, creusé par la nature,
qu'on appelle le port de Carteret.

Sa rêverie inaccoutumée frappa madame

d'Artelles. Mais une telle distraction n'était pas si profonde dans un être d'un esprit aussi alerte que l'était madame de Flers, qu'elle n'entendît pas le flou-flou de la robe de soie de la comtesse. Elle tourna vers cette commensale de toute sa vie, encore plus que de sa maison, une tête fine, si bien portée encore, et lui faisant un petit salut familier et gracieux :

— Où donc étiez-vous, ma très chère belle ? — lui dit-elle d'une voix libre et d'une attention déjà revenue.

— Moi ! répondit madame d'Artelles. J'étais à écrire et je m'y suis oubliée. Pardonnez-moi, ma chère amie ; j'aurais dû savoir que vous étiez descendue et seule, car il est trop bonne heure pour qu'Hermangarde et M. de Marigny soient rentrés.

— Ah ! ma chère, liberté complète, reprit la marquise. J'ai toujours eu le

respect de l'indépendance de ceux que j'aime.
Je serais un fléau d'amitié si je ne pouvais
vous céder, même pour une heure, à notre
cher vicomte de Prosny.

— Oui, c'est à lui que j'écrivais, dit madame d'Artelles. Croyez-vous qu'il ne m'a
pas écrit une seule fois depuis notre départ de Paris? Il est bien de la plus insupportable lenteur!

— C'est une tortue épistolaire, — répliqua
la marquise, — et vous aurez beau faire,
ma chère comtesse, vos reproches les plus
acérés ne traverseront pas son écaille. S'il
éprouve la même difficulté de commencer
ses lettres que de finir ses phrases, ce doit
être un aimable correspondant.

— Dites tout ce que vous voudrez de lui! —
fit madame d'Artelles, en roulant sa bergère
auprès de son amie. — Je suis trop mécon-

tente de sa paresse pour le défendre contre vous. —

Elle ne s'assit pas... mais avec cette curiosité que les femmes, qui ont de l'usage, cachent très bien sous un air très simple :

— Comme la mer monte ! — dit-elle en allant jusqu'à la croisée et y restant quelques secondes, le front collé à la vitre.

— Oui, répondit madame de Flers, c'est grande marée. M. de Marigny n'aura pas pensé à cela. Où est-il allé avec sa femme ? S'ils tardent beaucoup, le pont de là-bas sera couvert et ils seront obligés de revenir par eau.

— Vous n'êtes pas inquiète toujours ?... fit la comtesse en se retournant. — Et son œil de faucon tomba sur la lettre que tenait la marquise, mais le cachet et l'adresse n'étaient pas distincts dans le mouvement qu'imprimait à la missive la main qui l'agitait, et elle ne vit rien... de ce qu'elle voulait voir.

Un autre jour, elle n'eût pas eu cette curiosité, indigne des habitudes élevées d'une femme comme elle, mais elle avait remarqué, en entrant, le visage altéré de son amie, sur lequel la placidité intelligente d'un esprit apaisé depuis longtemps et la réverbération du bonheur d'Hermangarde versaient habituellement une sérénité infinie.

Madame d'Artelles supposait sans doute qu'il y avait un rapport secret entre la lettre de la marquise et la préoccupation dont elle paraissait obsédée.

— Non, dit madame de Flers, je ne suis pas inquiète. Seulement je crains qu'Hermangarde ne prenne froid. Voici le soir. Nous sommes en octobre et le froid est bien pénétrant sur la mer, quand le soleil est couché. —

La comtesse regagna lentement sa bergère et s'assit.

— Est-ce que vous avez fait comme moi,
Marquise? — dit-elle du ton du naturel le plus
dégagé, en rangeant les plis de sa robe, du bout
de ses quatre doigts, avec une légèreté charmante. — Est-ce que vous avez écrit à quelqu'un que je vois une lettre entre vos mains?

Madame de Flers se prit à sourire et eut
la petite malice d'être très-naturelle aussi,
en répondant :

— A qui donc voulez-vous que j'écrive, ma
chère belle? Je n'ai pas comme vous de vicomte de Prosny à admonester. Cette lettre
que vous voyez là, — madame d'Artelles ne
la voyait pas du tout, — n'est ni de moi, ni
même à moi. Elle est adressée à M. de Marigny et on vient de me la remettre à l'instant.

La comtesse ouvrit son sac à ouvrage et cherelia ses lunettes,

— Est-ce de Paris? — fit-elle, comme par suite de conversation et sans attacher (semblait-il) la moindre importance à la réponse, en passant les branches d'or de ses lunettes dans les belles grappes de ses cheveux blancs.

— Oui, c'est de Paris, — répliqua la malicieuse marquise, avec une brièveté qui accusait plus de taquinerie que de réserve. — On l'a vu, la marquise était un peu taquine. C'était là une des formes de cet esprit bienveillant auquel sa bonté, toujours présente, envoyait parfois d'adorables reflets de cœur.

Arrivée à ce point, madame d'Artelles ne pouvait faire un pas de plus. Elle avait trop de goût pour oser risquer d'être indiscrète, même avec une aussi intime amie que madame de Flers. Elle prit courageusement son parti et se mit à travailler à son filet.

Il y eut un petit silence. Mais la douairière qui aimait la comtesse et qui avait besoin de confiance en ce moment, — car une idée inquiète la poursuivait, — s'abandonna à cet instinct d'une âme alarmée. Elle ne craignait pas de récrimination de la part de son amie. N'avait-elle pas vu M. de Marigny détruire un à un tous les préjugés que la comtesse nourrissait contre lui depuis longtemps ?...

— Connaissez-vous cette écriture ?... fit-elle en lui tendant la lettre.

Madame d'Artelles prit la lettre, la regarda, l'approcha de ses yeux, la regarda encore, hocha la tête.

— C'est un abominable griffonnage, s'écria-t-elle. Ma foi, marquise, je ne connais personne qui écrive comme cela.

— C'est, — reprit la marquise, — une écriture de femme...

— ...de chambre, — interrompit madame d'Artelles.

— Non, dit la marquise. Les femmes de chambre ne plient pas ainsi leurs missives et n'ont pas de cachets comme celui-ci. Voyez plutôt ! —

Elles avaient presque raison toutes les deux. C'était bien une écriture de femme, ir- régulière, peu lisible, mais non tremblée. Elle indiquait plutôt une main nerveuse et hardie. C'était une de ces écritures qu'on appelle extravagantes avec de grandes let- tres au milieu des mots, l'opposé, — comme l'avait bien vu madame d'Artelles, — de ces traits élégants, imperceptibles et penchés dont le caractère est de n'avoir point de ca- ractère, dignes par conséquent de servir d'expression aux femmes comme il faut qui n'en ont pas davantage.

Mais ainsi que l'avait observé madame de Flers, la lettre était pliée d'une manière aristocratique et irréprochable, parfumée d'une odeur suave et distinguée. Le cachet, — au lieu d'armoiries, — avait à son centre une mystérieuse devise arabe que ces dames qui n'étaient point orientalistes, ne purent jamais, bien entendu, déchiffrer.

— Je ne sais pourquoi, dit la marquise, cette lettre me trouble. Je lui trouve une physionomie suspecte. M. de Marigny, depuis qu'il est marié, n'en a point reçu de pareille. Je suis superstitieuse quand il s'agit du bonheur d'Hermangarde. Il me semble que cette lettre porte une menace dans ses plis.

—Mon Dieu! — fit lentement madame d'Artelles, — est-ce que cette vieille maîtresse

qui n'a pas bougé jusqu'ici, se ravise-
rait?... —

Elle avait mis la main sur le doute terrible. Les quatre yeux de ces deux femmes
brillèrent de la même pensée en se regardant.

— C'est bien possible, — reprit la comtesse. — Elle a fait la morte pendant quatre
mois et puis tout à coup elle ressuscite. Elle
écrit à son ancien amant. C'est assez cela.
Elle a pensé qu'au bout de quatre mois le
bonheur d'avoir une femme jeune et belle
serait déjà bien vieux, bien usé et que Marigny devrait être furieusement blasé sur ce
bonheur-là. Elle lui a donné juste le temps
de se dégoûter et voici que la persécution
commence. Eh bien, ma petite, — ajouta gaie-
ment madame d'Artelles, — tu te trompes
si tu crois réussir. M. de Marigny est encore
fort amoureux de sa femme et tu en seras

pour les frais de style et de charmante écriture de tes *poulets!* —

Madame de Flers ne put s'empêcher de
sourire, en voyant la joyeuse sécurité de
madame d'Artelles. Elle se demandait si
cette femme qui plaisantait était bien la
même qui s'était opposée avec une si extrême
obstination à l'union de Marigny et d'Hermangarde. Celle qui avait toutes les terreurs
avait maintenant toutes les confiances. Madame de Flers connaissait trop la nature humaine pour s'en émerveiller. Une véritable
réaction s'était opérée en madame d'Artelles.
Le propre de toute réaction n'est-il pas de
jeter l'esprit dans l'extrémité opposée à celle
où il s'était d'abord précipité? Comme la
confiance de la marquise avait été plus fon-
dée que les défiances de madame d'Artelles,
son inquiétude était plus raisonnable que la
sécurité actuelle de son amie. Sa raison, ou

pour mieux parler, ses sensations la trom-
paient moins. On l'a dit déjà, mais ce n'est
pas trop que de le répéter ; la marquise était
supérieure à madame d'Artelles , malgré
l'opinion des *jugeurs* du faubourg Saint-Germain qui croyaient avoir saigné à blanc leur
bienveillance pour elle, quand ils avaient
avoué qu'elle était la plus aimable des deux.
D'ailleurs, si elle tremblait, elle avait ses
raisons. Elle était renseignée. Elle savait
l'histoire de Vellini. Elle gardait dans sa
pensée le récit que lui avait fait Marigny, un
certain soir, à sa prière. C'était comme un
poëme flamboyant à la lueur duquel elle en-
trevoyait l'influence , possible encore , de
cette femme singulière et inconnue. Elle ne
l'avait pas aperçue le jour du mariage d'Hermangarde. A ses yeux expérimentés , Vellini n'était pas seulement, comme aux regards
plus superficiels de la comtesse, une femme

sans jeunesse et sans beauté, n'offrant le
danger d'aucun charme. Elle la rêvait toujours comme Marigny l'avait peinte. « S'il l'a
peinte comme elle est, quelle puissance !—
pensait-elle, — s'il ne l'a pas peinte comme
elle est, quelle puissance encore pour avoir
fait de Marigny un peintre pareil ! »

Mais quoi que fussent ses craintes inté-
rieures :

— Votre confiance me rassure, ma chère
amie, — dit madame de Flers en tendant la
main à la comtesse. — Et ces deux femmes
émues s'embrassèrent comme on s'embrasse
en face d'un péril qu'on doit attendre, avec
le sentiment fort et toujours jeune d'une
immortelle amitié.

— Oui, rassurez-vous, rassurons-nous ;
reprit madame d'Artelles. Est-ce de cette
Vellini que cette lettre ? Ensuite , fût-ce
d'elle, je l'ai vue ; nous lui faisons trop d'hon-

neur de trembler ainsi au premier signe de
sa très-maigre main. Qu'est-ce qu'une lettre
après tout? M. de Marigny qui a vaincu à
force d'amour ma longue incrédulité à son
amour, a bien vite et bien profondément oublié ici, dans les quatre murs de ce château
où nous n'avons vu personne depuis bientôt
cinq mois, et le monde de Paris, dont il semblait l'esclave, et ses amis de club, et ses mau-
vaises habitudes de libertin et sa passion du
jeu, plus forte et plus asservissante que le
reste. En vérité, nous ne pouvons décem-
ment perdre la tête à la première lettre
qu'une femme quittée lui écrit! Si c'était
à Paris encore! En train de craindre une
fois, on pourrait s'effrayer d'une recherche
ou d'une rencontre, mais ici, à cent lieues
de distance! Ici, dans ce pays perdu, où Marigny est déterminé à passer l'hiver! Enfin,
ne le savez-vous pas, ma chère? Pour un

homme qu'est-ce qu'une lettre ? Les meilleurs, en amour, ont besoin de la présence
réelle. Avec cela, que je ne crois pas, —
ajouta-t-elle, — qu'une femme de l'espèce
de cette Vellini écrive jamais comme *La Re-*
ligieuse Portugaise ! —

La marquise disait bien oui à toutes ces
choses, mais elle ne l'avouait pas à son
amie, il y avait en elle un murmure, sous le
calme revenu et retenu à l'ivoire sillonné de
son front. Elle avait posé la lettre en question sur le guéridon, à côté d'elle, mais elle
ne pouvait s'empêcher de la reprendre parfois et de la regarder encore. Ses yeux affaiblis n'en pouvaient plus voir l'écriture. Le
soleil tombe vite en cette saison. Il venait
de disparaître sous un banc de brumes.
L'ombre prit soudainement le salon dont les
meubles et les tentures se foncèrent. La
comtesse d'Artelles laissa son ouvrage et

vint à la vitre une seconde fois. La mer montait toujours, et le hâvre, submergé, se confondait dans la nappe d'eau verte qui gagnait au loin, frangée d'écumes, le long des grèves.

— Je vous annonce, — dit-elle, — M. de Marigny et sa femme. Les voilà qui descendent de barque au pied du mur de la grande cour. Vous avez eu raison, ma chère amie ; ils auront trouvé le pont couvert. —

Cinq minutes après, ils entraient dans le salon où les attendaient madame d'Artelles et la marquise, ne se doutant pas qu'il venait d'être question d'eux et qu'ils étaient l'objet d'une nouvelle inquiétude de la part de ces deux femmes, providents témoins de leur vie, qu'à une vigilance si vite alarmée, ils auraient pu appeler les sentinelles de leur bonheur.

Madame de Marigny embrassa sa grand'-

mère pendant que son mari baisait respectueusement la mitaine de madame d'Artelles.

— Chère enfant, vous rentrez trop tard par ces grandes marées; — dit la marquise, en sentant la fraîche humidité qui pénétrait les cheveux et les vêtements de sa petite-fille. — Si vous vous rendez malade, vous me ferez mourir. Sonnez donc, Marigny, pour qu'on apporte du feu bien vîte et qu'elle puisse sécher ses vêtements.

— Ah! bonne maman, ne craignez rien, — dit-elle, — ce n'est qu'un peu de vapeur et d'écume tombée sur ma robe pendant que nous passions, en barque, à la place du pont. Il est tout couvert ce soir et on n'en aperçoit plus même la rampe. Je n'ai pas eu froid et je ne suis pas délicate. Je m'endurcis pour notre hiver si nous le passons à Carteret. Il faut bien que je m'accoutume à

la vague et à la brise puisque je suis la femme
d'un amoureux de la mer. —

On avait apporté du feu et des bougies
pendant qu'elle parlait et on put voir le regard de rivale heureuse, coquette et tranquille qu'elle jeta, en disant ces paroles,
sur cet amoureux de la mer, qui était le sien
bien davantage !

Elle était debout à la cheminée, offrant à
un feu de sarment qui pétillait, ses bottines
grises mouillées d'eau marine. Elle avait emporté dans sa promenade contre les soudai-
nes fraîcheurs du soir une pelisse de satin
bleuâtre, et après avoir ôté son chapeau,
elle en avait ramené le capuchon sur son
front. Empressée de revoir sa grand'mère,
elle n'avait pas rabattu ce capuchon, et dans
cette espèce d'auréole de satin bouffant, elle
était, — malgré son imposante beauté, —
aussi jolie que le Caprice. Les beaux serpents

d'or de ses cheveux blonds dégouttaient de
perles d'écume, sur ses joues transparentes,
un peu pâlies par le mariage, mais auxquelles la brise de la mer avait ramené, pour
une heure, l'éclat de leur virginité. Les cils
humides, les lèvres humides, les yeux humides, plus humides encore, à ce qu'il semblait, du sein de cette rosée des nuits et des
mers qui la diapraient tout entière, elle
était d'une beauté si délicatement étincelante
qu'on eût pu trembler de la voir se sécher à
cette flamme grossière de la terre et s'évanouir comme un arc-en-ciel.

—Monsieur de Marigny, — dit la marquise,
en la lui donnant, — on m'a remis pour vous
une lettre venant de Paris. —

Marigny remercia, prit la lettre, en brisa
le cachet et la lut à la clarté des bougies po-
sées sur la cheminée. Dans l'admirable confiance de son âme, Hermangarde n'exprima

pas la curiosité étourdie de ces jeunes femmes qui veulent tout savoir et s'embusquent
avec un empressement de mauvais goût
derrière le cachet de toutes les lettres adres-
sées à leurs maris. Non, c'était un être à part
dans la vie : elle n'eût pas aimé assez pour
être tranquille qu'elle eût été trop fière pour
ne pas être réservée. Pendant que Marigny
lisait, elle avait ôté son gant et du dos de
sa belle main rêveuse, elle écartait ses cheveux mouillés qui se collaient aux fossettes
de sa bouche souriante.

— Mais si elle ne regardait pas Marigny,
les deux douairières le regardaient pour
elle. Leurs yeux scrutateurs ne le quittaient
pas.

— Lui qui ne se croyait pas alors l'objet
d'une double et soupçonneuse observation
acheva la lecture de la lettre, les sourcils
immobiles, le visage calme, l'œil attentif,

mais inaltérable. Arrivé à la fin, il la tordit dans ses mains tranquilles et la jeta au feu.

Puis, comme sa femme était toujours debout, en face de lui, à la cheminée, il la prit tout à coup à la taille par-dessus la pelisse bleuâtre qu'elle n'avait point détachée et il l'embrassa entre les deux yeux avec une chaste idolâtrie, — à la place, où, — si on se le rappelle, — il l'avait embrassée pour la première fois.

Il y avait un amour si vrai dans cette pure et simple caresse que les deux douairières se firent un signe d'intelligence et de triomphe. — Elles n'avaient plus peur.

III

Un nid d'Alcyon.

Si tout dans le monde a son théâtre, le bord de la mer est bien réellement celui que Dieu créa pour l'amour heureux. Au point de vue supérieur des analogies, la plus belle chose qu'il y ait dans l'âme humaine devait nécessairement avoir pour se montrer et s'épanouir à l'aise la plus belle chose qui existât dans la nature. Là seulement, — pour qui a le sentiment des harmonies, — le cadre est digne du tableau. Partout ailleurs, c'est la nature belle et puissante encore, mais ce n'est pas cet éclatant et triple hyménée de la terre, du ciel et de l'océan, si bien fait, pour réfléchir comme un nouveau miroir d'Armide, l'hymen plus mystérieux de deux cœurs. Les poètes l'ont bien compris du reste. Le plus grand de tous peut-être n'a-t-il pas suspendu le frais tableau d'un amour sublime de passion vraie et d'innocence, aux côtes sinueuses d'une des Cyclades? Dans tout amoureux, il y a du grand poète. Hermangarde et Marigny avaient cédé à l'instinct juste de l'amour en choisissant le bord de la mer, pour y passer cette lune de miel qui, — comme la lune du ciel visible, — paraît plus douce au bord des flots.

Hermangarde ne connaissait pas la mer. Cette grande idée manquait à son esprit. Elle

avait voulu l'acquérir en même temps que
son âme atteignait l'apogée de toutes ses
puissances et se complétait par tous les par-
tages de l'amour. Marigny, l'*aventurier* Marigny, qui avait vécu de tant d'existences,
n'éprouvait plus cette suave et première
ivresse des facultés à leur aurore, ce vertige
délicieux du cœur qui fait croire à la créature qu'elle est une divinité par cela seulement qu'elle est aimée; mais il était né près
de la mer, il avait été, comme il le disait :
élevé les pieds dans son écume; et de tous les
souvenirs de son enfance, l'idée du temps
passé, en face de l'océan était, le seul qui ne
le faisait pas souffrir. Régénéré par le sentiment que lui inspirait Hermangarde; hasard
inouï, coup de fortune qui aurait dû le faire
trembler, — car tant de bonheur doit avoir
son revers sans doute, — il s'abandonnait,
avec l'impie sécurité du joueur, à vivre de la

vie que lui envoyait la Destinée, sur cette vaste côte dont les brisants ne parlaient même pas de naufrage à l'esprit de cet homme heureux !

Ainsi tous deux, Marigny et Hermangarde, avaient leurs raisons pour se trouver bien où ils étaient ; pour préférer à toutes les campagnes ce petit village de Carteret que n'aimait pas madame d'Artelles et qui valait mieux que ses mépris. La comtesse avait dit le motif de son peu de goût pour le manoir de Carteret, moins commode et moins orné que le château de Flers, construit dans les terres, et préservé par ses forêts des raffales du vent de l'automne. Comme une grande partie des femmes de son temps, madame d'Artelles, hors l'amour, n'avait dans l'esprit aucun genre de romanesque. Les fortes beautés de la nature, ses aspects variés, sa simple nudité parfois

sublime n'affectaient pas cette personne
du xviiⁱ siècle qui n'avait rapporté des ex-
périences de sa vie que beaucoup d'esprit de
société et cette bonté qui reste toujours
quand on a eu l'âme tendre dans sa jeunesse.
Elle ne voyait donc pas, elle ne pouvait pas
voir ce qui plaisait tant dans ce paysage maritime à Hermangarde et à Marigny. Elle
était injuste et aveugle, car sans être amoureux comme ils l'étaient, sans avoir dans ses
fécondantes sensations, ce réseau d'illusions
divines que l'Amour jette à tous les objets, il
est cependant permis de trouver Carteret
un des points les plus pittoresques et les
plus originaux de la côte de Normandie. On
en jugera par ce plan fidèle, pris dans la
perspective d'une longue absence et colorié
par le souvenir.

C'est un village d'un double aspect, riant
par un côté, sévère par l'autre, bâti au pied

d'une énorme falaise; espèce de forteresse
naturelle, dressée sur la pointe de la pres-
qu'île du Cotentin. Jersey est en face, —
Jersey, cette île hermaphrodite qui n'est pas
française, qui n'est pas anglaise, non plus,
quoiqu'elle appartienne à l'Angleterre. La
tradition de ces rivages raconte qu'à une
époque bien reculée, sur ce détroit qui s'est
agrandi par la rupture de la falaise, un pont
de planches y conduisait. Quoiqu'il en soit
de ces souvenirs que les générations se lè-
guent, Carteret et Jersey se regardent et de
si près qu'on pourrait dire : qu'ils se regardent dans le blanc des yeux. D'une rive à
l'autre, ils s'apparaissent, vagues ou distincts à l'horizon, — taches d'un bleu foncé
dans la brume; profils de maisons blanches
quand le temps est clair.—Assurément quand
on observe le pied de cette roche dumeuse,
chaque jour miné davantage par l'irruption

du flot qui monte, et dont beaucoup de fragments détachés forment assez loin, dans la
mer, une ceinture de brisans redoutables, on
est presque tenté d'adopter ces idées d'un
voisinage séculaire. Le hâvre qui s'ouvre
devant ces brisans et qui se creuse jusque
sous les premières maisons de Carteret est
signalé aux matelots par deux espèces de
phares grossiers, — poteaux de bois plantés
dans l'eau, semblables, à quelque distance,
aux mâts d'un vaisseau submergé. — Autrefois, l'entrée de ce petit port naturel, était
défendu, en temps de guerre, par une large
tour à créneaux, adossée au roc de la falaise;
solidement attachée à son flanc. Cette tour
s'appelait *la Vigie*. Sur sa plate-forme solitaire, on trouvait encore, il y a plusieurs années, une pièce de canon, de gros calibre,
abandonné, sans son affût, aux pluies du
ciel et à la rouille. De ce point élevé on do-

mine la mer et la grève dont la jaune arène,
découpée par les irrégularités du flux et du
reflux, offre à l'œil les sinuosités d'une ligne,
dentelée d'écume brillante, qui passe sous
les Rivières, — village au nom charmant et
moqueur, car il n'a de rivières que ses fossés,
où l'eau de mer filtre à travers les sables et
se ride au pied des ajoncs, — puis sous
Saint-Georges, paroisse au patron moitié
Anglais, moitié Normand, — et enfin va se
perdre à plus d'une lieue de là, jusque sous
Portbail. C'est à proprement parler, le côté
fier et beau de Carteret, le côté cher
aux organisations poétiques. Cette mer
qui se prolonge à votre droite devant
vous, — cette immensité de sable que
le vent roule par places en dunes assez
épaisses et assez hautes pour que le douanier, — la védette de la côte, — puisse y
creuser une hutte contre la nuit et le mau-

vais temps ; — à votre gauche fermant l'horizon, à l'est, comme la mer le clôt au couchant, les toits bruns de Barneville et la tour
carrée de son clocher singulier, qui a peut-
être soutenu des siéges ; tout cet ensemble
un peu austère, mais grandiose, doit capti-
ver les imaginations rêveuses. Par un soir
brumeux de l'automne, quand la mouette
mêle, en criant, son aile frissonnante à la
vague ; quand la mer est rauque et houleuse,
la pâle Minna de Walter-Scott pourrait venir
attendre son Cléveland sur l'âpre sommet de
cette falaise, aux cavernes visitées des flots,
et se croire encore aux Hébrides.

Mais en suivant la ligne du havre et en
tournant le dos à la mer, la scène change et
prend un autre caractère. On ne va pas bien
loin sans trouver le village, bâti dans des
sables tantôt fermes et tantôt mouvants. Là,
chaque maison qui a sa vigne et son figuier

a aussi son petit jardin d'une végétation un
peu maigre, sous le souffle salé de la côte,
mais dont la fraîcheur repose pourtant
agréablement l'œil lassé de l'éclat des grèves. Les premières maisons de ce village, —
le manoir de madame de Flers en est une,
— sont presque toutes enceintes d'un mur
de cour ou de jardin avec un escalier extérieur et intérieur, qui conduit sur le galet du
rivage et dont la mer, — dans ses grands
pleins, — gravit et bat les marches comme
celles des escaliers de Venise. Au second
plan de cette ligne d'habitations blanches et
propres, la flèche de l'église s'élance du sein
d'un bouquet d'arbres, qui rappellent la
plantureuse Normandie au voyageur tenté
peut-être de l'oublier. A soixante pas de ces
maisons groupées harmonieusement sur ce
coin de grève, un bras de mer, comme il en
reste si souvent aux replis de ces plages, est

traversé d'un pont construit grossièrement
avec des planches et de grosses pierres, je-
tées dans l'eau, à la file les unes des autres.
C'est la frontière de Carteret que ce pont qui
disparaît, aux grandes marées, sous le lent
amoncèlement des vagues, et que M. et madame de Marigny avaient trouvé couvert, en
rentrant de leur promenade, un soir. Après
ce pont, il y a encore quelques places d'herbe,
semées de christe-marine et de joncs ; puis,
on entre dans les terres labourées, dans des
champs de blé, de chanvre et d'orge qui
mènent au bourg de Barneville et aux vil-
lages environnants.

Tel était plutôt indiqué que décrit le lieu
pour lequel mademoiselle de Polastron quitta
Paris, après son mariage, avec son mari et
son aïeule, la marquise de Flers. Pour une
jeune fille, qui n'avait jamais vu que Vichy et
Plombières où sa grand'mère allait parfois,

ce pays retiré, sauvage, original surtout ;
cette pointe hérissée des côtes de la Manche, dut lui causer une impression d'une
âpre saveur. Tout y attira son regard et rien
ne le choqua. La population avec laquelle
elle vécut est intelligente et n'est point grossière, quoique rude. La misère ne l'a point
dégradée. La mer la nourrit, car cette côte
qui paraît aride est, au contraire, très opu-
lente en toutes sortes de poissons. On y
trouve, en des quantités inépuisables, des tur-
bots, des plies, des raies déployées comme
des éventails, des soles dont la chair tassée
est ondée comme la mer elle-même ; le lan-
çon qu'on pêche dans le sable ; le rouget,
aux nageoires pâlement vermillonnées et
qui est peut-être le dauphin dont les Anciens
nous ont tant parlé ; enfin, l'honneur exquis
des tables normandes, le surmulet, cette bé-
cassine de la mer, pour la délicatesse, et

dont le foie écrasé donne l'éclat de la pourpre tyrienne. Il y a aussi de grandes abon-
dances de coquillages ; le crabbe qu'ils ap-
pellent le *clopoint,* le homard aux écailles
d'un bleu profond, les crevettes de la couleur et de la transparence des perles , les
vrelins, spirales vivantes dans leur carapace
mystérieuse, et qu'on mange avec des épingles, enfin toutes les variétés de ces gibiers
de la mer. Telle est la fortune incessamment
renouvelée, la richesse naturelle des habitants de ces rivages. Ils pêchent tous, les
uns pour vivre, les autres pour vendre leur
poisson aux marchés voisins. Du reste, c'é-
tait bien moins les mœurs de ce pays qu'Hermangarde avait voulu connaître, que la mer
elle-même. Elle avait traversé une partie de
la France, curieuse de juger la grande merveille qu'elle n'avait entrevue que sur la toile
inerte des peintres , ou dans ses pensées.

Jusque-là, un autre rêve, — le rêve exter-
minateur de tous, — avait offusqué de sa
flamme le beau songe qu'elle se faisait de
l'Océan. Mais puisque le premier était devenu sa vie, elle voulait que le second eût aussi
sa réalité. Il l'eut, et ce fut un bonheur dans
le bonheur pour elle, une joie de l'âme qui
lui entra par les yeux. Elle aimait. Elle ad-
mira. Est-ce que l'Admiration et l'Adoration
ne sont pas sœurs ? Jamais elle n'oublia
l'heure où la première sensation de la mer
s'éleva en elle. Ce fut le soir... un soir d'été,
aride et brûlant. Elle avait roulé en berline
toute la journée, quand tout-à-coup, à un
certain moment de leur course, les pieds des
chevaux firent jaillir autour de la voiture
l'écume d'une eau qu'ils crevaient avec bruit,
en y entrant. Ils plongeaient alors dans ce
bras de mer, uni comme une rivière, qui est
la limite de Carteret. Le soleil avait disparu,

il y avait une heure. Mais ce n'était pas le
couchant qui était de pourpre, c'était le cré-
puscule tout entier. Des vapeurs d'un incar-
nat mourant noyaient l'horizon sur lequel
ressortaient les lignes altières de la noire
falaise et la mer qui montait alors, — qui
semblait venir majestueusement vers Hermangarde comme Hermangarde venait vers
elle, — semblait rouler un varech de roses
dans l'albâtre de ses écumes, sous cet air
empourpré qui pénétrait tout, de sa nuance
victorieuse, qui circulait autour de tout,
comme le sang ému de la nature immortelle.
C'était un spectacle élyséen. Hermangarde
l'apercevait, la tête appuyée sur l'épaule de
son Ryno bien-aimé. Cette première impression, cette mer enflammée comme son âme,
cette soirée, aux ardentes mélancolies, qui
répondait si bien à tout ce qui brûlait en
elle, lui sacrèrent ce petit village de Carte-

ret où elle venait cacher sa vie. Elle sentit qu'elle y serait heureuse. Nul pressentiment ne vint l'avertir qu'un jour la souffrance pourrait l'y atteindre. Ravie d'enthousiasme, elle ne vit pas ce vieux manoir, un peu triste (il faut en convenir), devant la grande porte duquel la fit descendre sa grand'mère. Elle en traversa, toute joyeuse, la cour pavée avec des galets, et la longue galerie dont le vent agitait les panneaux à travers les fentes des fenêtres mal jointes. Une fois que la marquise eut gagné son lit, elle entraîna Marigny sur l'escalier du mur en talus qui conduisait à la plage. Elle s'assit sur les marches de granit comme si elle eût été l'humble femme d'un des pêcheurs de ce pays. La mer était retirée. Le ciel pur mirait ses étoiles dans la surface à peine ridée du hâvre et dans les fosses circulaires où l'eau séjourne entre les rochers découverts. Marigny, qui

aimait à voir ces expansions de jeunesse
dans un être qui lui appartenait si bien, ne
s'opposa point à ses volontés. Il l'entourait
seulement pour qu'elle n'eût pas froid à la
brise, de ses bras et de son manteau. « Quel
charmant paysage! — dit-elle, en levant sur
lui ses grands yeux qui brillaient du bleu
mystérieux des étoiles, — ce sera notre nid
d'Alcyon. » Et depuis, dans toutes leurs causeries, Carteret, le maritime village, qui semble nager sur la mer, quand la mer est haute,
ne porta plus que ce nom-là.

A partir de cette soirée, de cette première
impression, ils aimèrent ce village qu'Hermangarde venait de nommer d'un nom si
sauvage et si doux, non pas uniquement
parce qu'ils s'y aimèrent comme l'aurait dit
madame d'Artelles, mais aussi parce qu'ils
étaient dignes, l'un et l'autre, de comprendre
tous les langages de la nature sur cette côte

écartée, ouverte seulement à quelques pêcheurs, hommes primitifs, et à un petit nombre de matelots, revenus vieillis du bout du
monde. La vie qu'ils y réalisèrent ne fut
donc point l'existence close et énervée de
Paris, que l'on emporte si souvent à la campagne. Le hâvre, la falaise, les longues grèves, les dunes lointaines, les rochers vêtus
de varech, qui apparaissent aux eaux bas-
ses, ne furent point pour eux une *marine* de
plus suspendue dans le grand salon de madame de Flers, entre les deux rideaux de la
fenêtre à travers laquelle ils auraient pu les
contempler et en jouir. Ce n'est pas de cette
molle et nonchalante manière qu'ils passèrent leur temps à Carteret. Ils n'y firent point
de l'admiration à distance. Courageux parce
qu'ils étaient jeunes de sensations, et que le
bonheur d'être ensemble enlève la fatigue
du corps, (la seule lassitude qui soit possible)

ils abordèrent comme elle le mérite cette
rude poésie du bord de la mer, si grande
qu'il n'y en a plus d'autre peut-être quand
on l'a goûtée. Tout le temps qu'ils ne donnaient pas à l'excellente marquise, ils le
passaient, — au travail près dont ils n'a-
vaient pas besoin pour vivre, — comme les
habitants de ce pays. Ils le parcouraient en
tant de sens qu'ils en eurent bientôt une
parfaite connaissance. Ils s'enfonçaient parfois dans les terres, mais ce qu'ils préféraient
à tout, c'était d'aller devant eux, en suivant
les sinuosités de la côte. Heureusement ils
avaient appris les heures du flux, car la
promenade ne laisse pas que d'être dange-
reuse, quand on s'attarde sur ces grèves, si
vite envahies. La falaise aussi les voyait
quelquefois sur sa cime d'un vert foncé ou
dans ses anfractuosités profondes. Au bout
de quelques mois, il n'y eut pas une de ces

anses, creusées dans le rocher, pas une pointe de ces caps, où ils ne se fussent reposés. La pêcheuse de crevettes qui revenait, pieds nus, avec sa hotte au dos et son *hagnet* (1) sur l'épaule ; le douanier qui fumait, assis à trois pas de sa hutte de sable, les apercevaient de loin, regardant la mer, tranquillement assis, les pieds pendant sur le vaste abîme, comme s'ils avaient été deux amoureux du pays, accoutumés, dès leur enfance, à gravir cet effrayant promontoire. Quelquefois, M. de Marigny abattait des mouettes ou des goëlands à coup de carabine, tandis que la belle Hermangarde ramassait des christ-marines, insoucieuse de son teint que l'air de la mer et le soleil hâlaient déjà. Longues promenades, entrecoupées de causeries divines, toutes pleines des

(1) Petit filet faisant poche, attaché à un cercle en fer, dont une faucille serait la moitié.

mille grâces de l'intimité! Ah! comme ils
oubliaient Paris, et le monde et tout ce qui
n'était pas eux-mêmes et cette solitude! Si
une raffale, si une ondée ou un orage les
surprenait et les forçait à chercher un abri
dans le cœur fendu d'un de ces rocs, Hermangarde, à couvert dans sa niche de pierres, ressemblait à une apparition surnatu-
relle. Elle était bien fière et bien imposante
pour une Madone, pour une de ces simples
et blanches Images aimées du matelot; mais
avec sa taille majestueuse et sa robe fouet-
tée par les vents, une imagination exaltée
l'aurait prise pour le Génie Dominateur de
la tempête. Ainsi, vivaient-ils, s'appropriant
autant qu'ils le pouvaient, ce pays retiré et
ses mœurs sauvages. Hermangarde ne craignait même pas de monter avec son mari
sur ces bateaux pêcheurs qui rasaient les
côtes, entre deux marées. La marquise de

Flers s'était bien un peu opposée à ces petites expéditions. « Que craignez-vous, maman, — lui avait-elle dit avec sa confiance
enthousiaste, en lui montrant son mari, —
n'ai-je pas mon étoile?... » Et la marquise,
qui avait l'âme ferme comme une femme de
race, avait cédé. D'ailleurs, pour ne rien
exagérer, le danger auquel s'exposait sa
petite-fille, n'était pas très-menaçant. Les
riverains de cette contrée, habitués à la mer,
dès leur bas âge, manœuvrent ces bateaux
à voile, nommés vulgairement *coquilles de
noix,* et qu'ils montent pour la pêche ou la
contrebande, avec une rassurante intrépi-
dité. Ils ont l'audace et l'adresse du marin
breton, leur voisin de côte et leur rival sur
la mer. Ils sont Normands. Ils sont descen-
dus des Pirates qui faisaient pleurer Charlemagne, et qui vinrent conquérir, sur de lé-

gères barques, le sol dans lequel ils ont
mordu comme une ancre qui ne doit plus
jamais se lever.

IV

La comtesse d'Artelles avait intéressé au jeu M. le vicomte de Prosny. Si elle ne l'avait pris que par les sentiments, l'excellente dame! ce qu'il en restait au vicomte n'était pas assez pour le soulever de son égoïste paresse. Mais elle lui avait mandé des choses si extraordinaires, entre autres, et surtout sa volte-face d'opinion en faveur de Mari-

gny, que l'étonnement qui le prenait si souvent à la gorge, l'y saisit plus dru que jamais. Il eut besoin de se soulager de ses stu-
péfactions dans une lettre. Quoiqu'il fût dévoué à la comtesse et qu'il l'aimât à sa façon,
très-peu exaltée, il est vrai, mais fidèle, il
trouvait pourtant agréable de se moquer
parfois de sa bonne amie, quand elle lui paraissait inconséquente ou entraînée. Ces
petites révoltes lui faisaient du bien. Elles
l'arrachaient de temps à autre au double
ilotisme de la soumission et de l'habitude.
C'était un regain de caractère. Un peu de
l'homme repoussait sous le sigisbée. Dans
l'occurrence actuelle, ce lui fut une raison
de plus pour écrire. Il répondit courrier par
courrier. Il y sacrifia une soirée, car il n'é-
crivait pas beaucoup plus facilement qu'il ne
parlait. Il avait peine à se dépêtrer de ses
pensées, et l'abondance pas plus que la net-

teté n'était le signe caractéristique de son
génie. La douairière de Vandœuvre, sa d'Artelles II, se passa de lui, pour ce soir-là, et
l'attendit vainement, Ariane nouvelle, ên face
de son tric-trac solitaire.

Sa lettre moins interrompue, — moins
hachée que sa parole, — fut aussi moins con-
fuse que sa conversation, ce modèle d'illo-
gisme, d'incohérences et de difficultés toujours victorieuses. Malgré l'agréable semis
de *manière que...* qui l'ornait d'ordinaire,
le trait n'y manquait pas, mais il était noyé
dans les flots troubles d'une albumineuse
verbosité. Les jours qu'elle était bienveillante, et pour ne pas sortir d'un ordre de
faits cher au vicomte, la marquise de Flers
comparait sa conversation à des œufs brouil-
lés aux pointes d'asperges. Les pointes d'asperges étaient les épigrammes, quelquefois

assez salées, dont il assaisonnait ses dis-
cours.

Voici la lettre du vicomte Chastenay de
Prosny à la comtesse.

« Je n'ai jamais douté, ma chère comtesse, de l'excellence de tous vos mérites.
J'ai toujours humblement pensé, comme il
convenait, qu'ils étaient de beaucoup supé-
rieurs aux miens. En ai-je d'autres que les
bonnes grâces de votre amitié? C'est fort
douteux, ou plutôt, non, ce ne l'est pas. Je
connais mes vices. Autrefois, je ne les trouvais pas assez nombreux, et maintenant si
peu qu'ils me soient restés, c'est toujours
trop. La paresse en est un, c'est vrai. Quant
à la goutte, c'est bien pis qu'un vice, c'est
une maladie. Vous avez deviné et pardonné
les deux causes de mon long silence, vous

m'avez accordé, avec votre bonté infaillible,
ces indulgences plénières qu'on obtient d'autant mieux qu'on en est plus indigne, car
pour qui sont-elles faites, sinon pour les pé-
cheurs?

« Je baise donc, en signe de pardon et de
reconnaissance, cette main enflée dont j'a-
dore l'enflure qui n'empêche pas d'écrire.
Je baiserais même votre mule comme celle
du Pape, si vous en aviez une encore, mais
on n'en porte plus. C'était bon pour les pieds
de notre jeunesse, ces pauvres pieds qui ont
passé comme s'ils avaient été des aîles! Hélas! comtesse, je me demandais, l'autre soir,
où ils étaient allés en regardant ceux de la
douairière de Vandœuvre, décidément cul-
de-jatte, si cela peut vous être agréable, et
dont par conséquent les articulations ont de
bien autres afflictions que les nôtres. J'avais
reçu votre lettre dans la matinée. Je pensais

à vous. Que votre jolie petite goutte à la main soit bénie, madame la comtesse! — disais-je, à part moi, en apercevant les tibias d'une des femmes de Versailles qui dansaient le mieux le menuet, engloutis dans d'épouvantables babouches, bonnes pour des jambes attaquées d'éléphantiasis.

« Cette pauvre Vandœuvre! savez-vous que c'est bien mal à vous, comtesse, malgré toute votre amitié, toute votre bonté (mais les meilleures d'entre vous sont encore cruelles) de me dire qu'elle vous a remplacé dans ma vie et qu'elle fait l'*intérim* de notre intimité pendant votre absence? Est-ce possible, cela? Est-ce qu'on vous remplace? On pourrait tout au plus, vous succéder. Mais elle ne vous succède même pas. J'ai conservé avec elle à peu près le même train d'habitude qu'avant votre départ. Je ne vais chez elle ni plus ni moins, parce que vous

êtes partie. J'y fais mon tric-trac deux fois
la semaine et j'y dîne tous les mercredis.
Elle n'a jamais causé comme vous. Elle
n'est pas restée du monde, comme vous qui
n'avez pas vieilli, tout en prenant des années. Excepté deux ou trois sempiternels
commandeurs de Saint-Louis et votre servi-
teur, elle ne voit personne. Elle ne rajeunit
guères, par conséquent, son magasin d'an-
ciennes histoires. D'ailleurs, entre nous soit
dit, depuis que sa grande *podagrerie* aug-
mente, sa bonne humeur diminue. Je crois
qu'elle baisse... Elle devient mauvaise
joueuse. Au tric-trac, au piquet, elle discute
tous les coups. Vous voyez s'il y a, dans
tout cela, madame, quelque chose qui
puisse dédommager de votre absence et la
faire oublier au plus fidèle de vos sujets.

« Non, rien n'en saurait dédommager!
Songez donc que je vais chez vous tous les

jours du bon Dieu, quand vous êtes à Paris ;
que je n'ai pas mis une seule fois ma perru-
que, depuis vingt ans, sans aller vous offrir
d'abord, comme à la reine de toute ma vie,
les prémices de ses boucles renouvelées !
Permettez-moi de vous le dire, madame la
comtesse, ce n'est pas que de l'amitié, c'est
de la piété, cela. Je me serais reproché
d'offrir à qui que ce soit, parmi vos connais-
sances ou vos amies, le temps que je passais
chez vous. Il faut bien que je vous le déclare,
puisque vous me forcez à vous montrer
toutes les délicatesses de mon âme, puisque
vos soupçons violent ma pudeur. Savez-vous
bien ce que j'ai fait pour ne le donner à per-
soune, ce temps qui vous était consacré ? Je
l'ai offert à tout le monde, c'est-à-dire, que
je l'ai passé régulièrement à mon club de la
rue de Grammont. On y joue mieux et plus
cher le trictrac que chez la douairière de

Vandœuvre. et on y sait mieux la chronique des salons de Paris que partout ailleurs.

« C'est là, ma chère comtesse, que j'en ai entendu dire de belles, et de toutes les couleurs, sur le mariage qui fait votre édification maintenant, après avoir fait si longtemps votre scandale. Comment, comment, comment !!! C'est bien vous, vous, comtesse d'Artelles, qui m'écrivez ce que je lis là? C'est bien vous qui croyez si fort au céladonisme conjugal de M. de Marigny? C'est bien vous qui vous attendrissez sur l'immense bonheur de mademoiselle de Polastron, devenue madame de Marigny, sans titre, et qui m'en écrivez en prose comme on en pourrait écrire en vers! Eh mon Dieu, quelle bise a soufflé tout à coup, sur votre falaise de Carteret, pour faire tourner ainsi, comme un moulin à vent, une opinion qui paraissait inébranlable?... Oui, l'étonnement

m'a pris ; il prendrait à moins. J'ai cru,
d'honneur, que je rêvais. J'ai frotté les ver-
res de mes besicles pour mieux voir. Mais je
voyais toujours la même chose, une étonnante chose, une incroyable chose ! C'est
que vous étiez convertie à la *chevalerie* de
M. de Marigny et au bonheur de sa femme.
C'est que vous pensiez sur ce point comme
la marquise de Flers, votre amie. Ah ! par
exemple, elle doit, — je lui demande bien
pardon de l'expression, — rire joliment
dans sa barbe, la marquise de Flers !

« Certes, je le regrette infiniment, comtesse : pourquoi n'a-t-on pas envoyé l'opinion publique de Paris par le coche, en votre pays de Carteret ? Elle se serait réformée
peut-être à ce tableau parlant de l'amour
conjugal qui vous enchante. Pourquoi moi-
même n'y ai-je pu accompagner l'opinion
publique ?... Cela ayant manqué, on conti-

nuéra, je le crains bien, d'appeler ici le mariage de mademoiselle de Polastron et de M. de Marigny la première folie d'une femme qui n'en a jamais fait. Cette chère marquise de Flers ! l'a-t-on assez tympanisée ! C'était le premier mal qu'on disait d'elle, mais aussi comme on se vengeait d'avoir attendu si longtemps ! A-t-on assez tiré à boulets rouges sur sa personne ! S'est-on même assez appuyé de votre opinion pour mieux pointer ses pièces ! car, rien de plus agréable que de battre une amie avec une autre amie, comme on casse un verre avec un autre verre ; tout coup fait double à ce jeu-là ! Assurément, on ne se doutait guères que vous reviendriez à résipiscence ! Si on le savait, ce serait bien vraiment une autre histoire, — un nouvel hurra d'exclamations et de surprises ! ! La Moquerie Parisienne sonnerait l'hallali de toutes ses trompes et

j'aurais la douleur de vous voir dépecée par
les charmants couteaux de l'Ironie et de
l'Épigramme qui tuent et scalpent, et vous
écorchent quand ils vous ont tué et scalpé.
Ah! ma pauvre comtesse, ce n'est pas moi
qui vous ferai courir un danger pareil! Je
suis trop votre ami pour donner cette joie à
madame de Lally, à madame d'Outremont,
à madame de Vanvres et surtout à votre cha-
ritable cousine, madame de Bigorre, qui, en
digne parente, ne manque jamais une occasion de tomber sur vous. Mort de ma vie!
quel sabbat feraient-elles sur votre enthousiasme de fraîche date pour ce vaurien de
Marigny! Allez, comtesse, ses amis, à lui,
ses meilleurs amis ne partagent pas votre
confiance. Ils viennent presque tous à mon
cercle de la rue de Grammont. Je les ai en-
tendus causer et ce qu'ils disent confirme
terriblement mes humbles observations per-

sonnelles, qui étaient plus orgueilleuses
quand vous les preniez en considération autrefois. « Avec beaucoup de caractère, — di-
sent-ils (ils lui accordent cela), — Marigny est
dominé depuis dix ans par une maîtresse
qui sait son empire et qui le gardera, puisqu'elle l'a gardé. Un si long passé est une
hypothèque sur l'avenir. » Je crois qu'ils ont
raison. Que de fois Marigny a rompu pour
renouer avec cette femme que vous avez
tort de mépriser, parce qu'elle n'est pas jolie
comme vous entendez qu'on doive l'être
dans vos salons, mesdames du faubourg
Saint-Germain, mais qui n'en est que plus
redoutable à l'esprit et aux sens, — permettez-moi le mot, — d'un homme blasé, dit la
chronique, sur ces tartelettes à la crême de
duchesses et de comtesses, qu'il a eues toujours devant lui, en piles, à sa très-facile dis-
position.

« Du reste, pendant qu'il se prépare à
passer tout l'hiver là-bas, — dans le vieux
manoir de sa belle-grand-mère, — anacho-
rète improvisé de l'amour et de la fidélité
conjugale, — je vous donne en quatre à de-
viner, ma chère comtesse, ce que ses amis
font à Paris ! *Qui se ressemble, s'assemble,* disent les vieux sages. Ils se sont donc assem-
blés, et dans un sanhédrin d'après-souper,
ces Docteurs de corruption élégante qui ne
portent l'hermine ni sur l'épaule, ni nulle
part, ont majestueusement ouvert un con-
cours sur l'intéressante question de savoir
si dans les éventualités du mariage de M. de
Marigny, la femme légitime culbutera la
maîtresse ou si la maîtresse culbutera la
femme légitime. Là-dessus, des paris se
sont engagés de toutes parts avec furie,
comme s'il s'agissait de deux chevaux ou de
deux jockeys. C'est épouvantable, n'est-ce

pas?... J'ignore le terme assigné à ces inso-
lentes gageures. Mais ce que je sais, c'est
que la Vellini qui fait toujours le contraire
de ce qu'on croit d'elle, n'autorise ni par sa
conduite, ni par son attitude, les imperti-
nences aléatoires de ces Messieurs. « Il faut
avouer que cette Espagnole a la dissimulation d'une Italienne : — me disait l'autre
jour, le comte Rupert, l'un des parieurs, —
on ne croirait jamais qu'elle songe à reprendre Marigny à sa femme. Elle affecte, sur ce
point, une espèce d'incompréhensible indifférence, car la question la regarde bien un
peu. L'amour-propre n'est-il pas le dernier de
tous nos amours?.. Comme pour mon compte,
je ne tiens pas infiniment à perdre mes trois
cents louis, j'ai voulu l'intéresser à mon pari
autrement que par la vanité, mais ouitche!
elle m'a envoyé promener, avec une hauteur, qu'on lui passe, je ne sais pourquoi,

comme si elle était la favorite du roi Boab-
dil.. — »

« Rupert avait raison. Je suis retourné
chez la señora depuis le mariage de M. de
Marigny, et elle m'a paru très calme, très
au-dessus, en apparence, de l'évènement ac-
compli : mais qui sait? peut-être, au fond, le
diable n'y perdait-il pas. Elle n'était point
agitée , mais était - elle indifférente? Elle
avait cette tranquillité que je lui ai toujours vue quand il s'est agi du mariage
de son ancien amant : la sécurité d'un
être parfaitement sûr de son fait et qui aurait foi dans une étoile. Il faut que je vous
raconte cette visite, ma chère comtesse. J'a-
vais toutes sortes de motifs pour la lui faire ;
motifs de curiosité, motifs de rancune, car
j'ai toujours sur le cœur la manière dont
elle m'a traité un certain soir, que j'allais
chez elle par votre ordre. Vous en souvenez-

vous ?... Elle fut impertinente : je ne pus
l'entamer, et je jouirais profondément de
l'occasion qui me permettrait de lui payer
cette vieille dette. De plus, j'avais entendu
dire... une chose inouie, aussi étonnante
que votre opinion d'à-présent sur M. de Marigny ! que le jour du fameux mariage, on
avait vu, après la cérémonie, la señora Vellini descendre du perron de Saint-Thomas-
d'Aquin avec la comtesse de Mendoze. On
assurait qu'elles étaient montées dans la
même voiture, toutes les deux. Qui disait
cela ? Qui avait vu cela ? On ne nommait
personne, mais cela se racontait tout bas,
quoique chacun dît tout haut que c'était ri-
dicule, absurde, impossible. Un pareil bruit
me trottait perpétuellement dans la tête. Je
voulais savoir ce qu'il en était et pour cela,
quelques jours après que vous fûtes partie,
je m'en allai chez la señora.

« Je la trouvai dans son appartement de
la rue de Provence, qu'elle n'a pas cessé
d'habiter. On me dit qu'elle était à sa toilette,
car il était trois heures et elle se préparait à
sortir. Je fis comme l'ancien chancelier de
France à la porte du Roi, je frappai trois petits coups et j'entrai par privilége. Elle était
assise devant un grand miroir, enveloppée
dans un vaporeux peignoir de couleur de
souffre, jeté sur ses épaules de mécréante,
en attendant l'autre qui sera de souffre tout
de bon, et que le Diable lui passera un jour
dans le boudoir de son enfer. Une grande
fille qu'elle nomme Oliva, et qui est bien le
plus bel animal femelle que j'aie jamais vu
tisonner du regard les sens d'un chrétien,
était debout derrière elle, tordant dans ses
fortes mains, roses de santé et de jeunesse,
la chevelure noire de la señora qu'elle coif-
fait. Je n'ai connu, par parenthèse, que la

Duthé et la señora Vellini qui eûssent le fas-
tueux courage d'avoir chez elles des filles
de cette beauté éclipsante. Il est vrai que la
Duthé, avec son profil égyptien, ne craignait
pas grand'chose, tandis que la Vellini, avec
son visage irrégulier et olivâtre, paraît tout
naturellement éclipsée.

« — Entrez, — me dit-elle assez gra-
cieusement en me montrant dans un sourire
ses blanches dents que vous appelleriez des
palettes, car elles sont un peu larges, —
entrez, monsieur de Prosny. On me coiffe,
mais qu'importe ! Est-ce que les dames d'autrefois ne recevaient pas à leur toilette ? En
faisant aujourd'hui comme elles, je vous
rappellerai votre jeune temps. —

« Je m'assis en la regardant, espérant
assez peu, comtesse, trouver sur son visage
les traces qu'avaient dû, — je le supposais,
— y laisser les jours précédents. On ne lit

guères dans sa physionomie, à moins qu'une
émotion instantanée ne la saisisse. Ces sombres tempes gardent bien leur secret.

« Il s'agissait de la faire naître, cette émotion, et une fois déjà, j'avais éprouvé que
c'était assez difficile. Après quelques menus
propos de politesse et de conversation oi-
seuse :

« — Eh bien, — lui dis-je avec éclat, —
voilà donc la chose faite ! Marigny est marié
et je vous ai vue à son mariage. Vous avez
eu là une drôle d'idée, señora, d'assister à
une pareille cérémonie.

« — *Porque no ?...* répondit-elle, en piquant
une épingle d'or bruni à tête de topaze dans
une natte. — Quel miracle est-ce donc que
j'aie voulu voir de mes deux yeux *celle* qui
allait devenir la femme légitime comme vous
dites, vous autres, de Ryno de Marigny ?...
Si on me tuait jamais, vicomte, avant de

mourir je regarderais mon bourreau. —
« Elle dit cela, je ne sais comment. Elle
a la voix très-grave. Fût-ce une erreur,
mais je crus qu'elle s'estimait parfaitement tuée depuis qu'elle avait vu Hermangarde.

« — Et comment la trouvez-vous? —
ajoutai-je, voulant au moins la galva-
niser.

« — Elle! — répondit-elle avec un accent
de justice et de vérité qui me renversa, —
ah! très-belle! oui, très-belle; plus belle
encore que ne l'était ma mère qui était bien
pourtant tout ce que j'ai jamais connu de
plus beau. —

« Vous m'avez quelquefois reproché mon
air ébahi, ma chère comtesse, et probablement, il me revint, car elle me regarda.
Comme je me taisais :

« — Cela vous étonne donc beaucoup,

ce que je vous dis là ? — ajouta-t-elle. En
effet cette absence de toute ombre de jalousie ou de dépit me confondait encore plus
que la première fois, quand je lui avais
parlé du mariage *arrêté* de Marigny. Alors
ce pouvait être une pause; rien n'était irré-
vocable encore, — mais à présent que l'af-
faire conclue, qu'après avoir vu Hermangarde, elle eût toujours cet incroyable
sang-froid, et en parlant d'une rivale victorieuse, cette espèce de bienveillante équité,
voilà ce qui me renvoyait à ces vieilles idées
auxquelles vous avez tant fait la guerre et
que vous appelez *mes horreurs*. Elle était
coiffée. Elle avait secoué de son épaule le
peignoir soufre qui était tombé à ses pieds.
Elle n'avait qu'un jupon brodé et son corset.
Je me confesse à vous, chère comtesse. Je
regardais cette épaule couverte d'un duvet
brun et pressé; ces bras souples aux mou-

vements fluides et je me demandais quelles
ressources de gymnastique inconnue, il y
avait cachées dans ce petit corps, en apparence si chétif et qui forçait, — sa camériste
venait de le lui dire, moi présent, — les
meilleurs buscs d'acier. « Syrène du diable,
— pensai-je — de quels œufs d'esturgeon salés
as-tu donc nourri ton Marigny, pendant tant
d'années, pour que tu croies qu'il va revenir
te demander tes caresses à ton premier coup
de sifflet ?... »

« On lui apporta sa robe. Elle la mît. Cela
me fît sortir de mes contemplations son-
geuses.

« — A propos de ce mariage, — repris-
je — on m'a dit une chose que je n'ai pas
voulu croire, señora ?

« — Quoi donc ? — fit-elle. —

« — Que vous étiez sortie de Saint-Thomas-d'Aquin, bras-dessus, bras-dessous,

avec la comtesse de Mendoze, — une *plantée-là* comme vous, ma pauvre señora, — et que vous étiez montée dans sa voiture, comme si vous étiez des amies de tous les temps.

« — *Porque no?* — fit-elle encore. —

« Ah! par ma foi, elle m'impatientait avec ses *porque no? porque no?* Elle devait bien savoir, morbleu, pourquoi la comtesse de Mendoze ne pouvait s'appareiller publiquement d'une fille de sa sorte, et j'allais peut-être le lui rappeler, puisqu'elle l'oubliait, mais la curiosité m'inspira la prudence et je me contins :

— « Diable! — dis-je, — tant pis pour moi alors! car j'ai parié que c'était un conte. J'ai juré que c'était impossible.

— « Vous avez eu tort, monsieur le vicomte, — répondit-elle en fermant son bracelet, qui rendit un bruit sec, — cela est vrai et vous avez perdu.

« — Bah! — fis-je bruyamment — et quel motif a pu déterminer cette liaison soudaine? Est-ce la sympathie, née des mêmes malheurs? car avant ce damné mariage, vous ne vous connaissiez guères, je présume, de manière que...

« Mais elle m'interrompit par le mot de Talleyrand, — vous êtes bien curieux! — et elle le prononça avec une superbe qu'une princesse de Bénévent n'aurait, certes, pas désavouée. On dit qu'elle est de grande race par sa mère et il y a des moments où, parole d'honneur! on le croirait.

« Je pris une pastille de cachou dans cette bonbonnière que vous m'avez donnée et me mis à sifflotter un air, en l'observant de l'angle de l'œil. Elle était habillée... Elle avait une robe de drap noir, que vous eussiez trouvée indécemment courte, car les chevilles qu'elle a remarquablement bien

étaient à découvert sous la soie collante de
ses brodequins. Cette robe était fermée
par-devant avec des topazes comme celles
qu'elle avait piquées dans ses cheveux.
Certes! un tel accoutrement était bizarre.
Mais *le bizarre* est ce qui lui va le mieux !
Elle se fourrerait un anneau dans le nez
comme un bison ou une Bayadère qu'elle
nous entraînerait tous par ce diable d'anneau ! Elle posa, tout en chantonnant, un
chapeau d'homme sur sa tête, avec une
plume, tombant à l'épaule, comme si elle
allait monter à cheval et commander une
compagnie de mousquetaires noirs !

« — Voilà monsieur de Cérisy, — s'é-
cria-t-elle, — j'entends la voiture. Nous
dînons à Ville-d'Avray, vicomte. Voulez-vous
dîner avec nous ?

— « Je refusai. C'était mon mercredi
chez la douairière de Vandœuvre. Comme je

la remerciais, Cérisy entra, l'air heureux
de cette grâce d'accepter à dîner qu'elle ne
lui octroie pas tous les jours. Malgré son air
de grand flandrin, Cérisy est un homme de
qualité et d'esprit. Il jette sa gourme dans
quelques folies, mais après tout, il ne faut
pas que les jeunes gens nous détroussent
trop tôt de notre sagesse. Qu'est-ce qui nous
resterait pour nous faire respecter de ces
gaillards-là?... Il joignit ses instances à celles
de la señora, mais je suis fidèle à mes amis
et à mes habitudes et je persistai dans mon
refus.

« — Que je ne vous retienne pas, — leur
dis-je et je me levai. Oliva prit sur une en-
coignure, un magnifique flambeau de bronze
sculpté, à trois branches, appuyé sur trois
monstrueuses griffes de lion et elle en pré-
senta la triple flamme ondoyante au cigarro
de sa maîtresse. Il y a bien dix ans que je

vais chez la Vellini et de nuit ou de jour,
quelle que soit la saison ou l'heure, j'ai toujours vu ce flambeau, allumé et brûlant. Les
uns affirment que c'est un emblême, une
des superstitions de cette tête étrange; les
autres disent simplement que la señora qui
fume, comme toutes les femmes de son pays,
veut avoir du feu toujours prêt sous sa
main.

« Nous descendîmes tous les trois. Une ca-
lèche à quatre chevaux nous attendait. —
Peste, mon cher Cérisy, voilà qui est prin-
cier! — lui dis-je, en voyant le luxe de son
attelage.

« — Ils ne sont pas très faciles à mener,
— répondit-il avec un ton de galanterie digne
de son père, que j'ai fort connu et que nous
appellions le *beau Muguet;* — mais sous la
petite main de la señora, ils sont presque
aussi dociles que nous.

« — Comment la señora ? repris-je… Mais elle s'était déjà enlevée et campée sur le siége, avec la légèreté d'un page. Le cocher était passé derrière la voiture. Elle avait pris les rênes dans cette petite main dont venait de parler Cérisy, et du fouet qu'elle agita, elle frappa la crinière des deux chevaux de tête, qui, sous le vent de flamme de cette caresse mordante, bondirent, se cabrèrent, et s'encapuchonnant dans les rênes tendues, frémirent d'être si bien contenus.

« Cérisy était monté. « — Quand vous voudrez, señora, dit-il. L'audacieuse Espagnole sembla frapper à la fois les quatre croupes de ses chevaux. Ils s'élancèrent….. Mais au second tour de roue, la voiture revint sur elle-même : tout ce puissant attelage avait reculé. Elle le ramenait en arrière vers moi :

« — Monsieur de Prosny, — me dit-elle

avec sa voix grave et ses yeux impassibles, —
si vous voyez madame de Mendoze avant moi,
offrez-lui mes affectueux compliments. —

« Et la voiture partit comme une flèche de
foudre. Les chevaux montèrent la rue de
Provence à un galop fait pour tout briser.
A l'angle de la rue de la Chaussée-d'Antin,
je vis tourner de court et disparaître cette
légère voiture qui battait presque les jambes
des nobles bêtes qui la traînaient, et qui
s'impatientaient et se forcenaient de n'avoir
que cela à emporter !

« Eh, eh, grondez-moi si l'envie vous en
prend, comtesse. Ce qui venait de passer
devant mes yeux, comme un météore, ne ressemblait guère à tout ce que j'avais adoré
dans ma jeunesse. Mais quoique je ne sois
qu'un vieux bonhomme, je sentis cependant
quelque chose qui se rajeunissait en moi et
qui absolvait presque tous les Marigny et les

Cérisy de la terre, de leurs folies pour un être comme celui-là !

« Mais ce ne fut là qu'un instant ; un diable de mouvement ou un mouvement du diable qui ne dura pas, madame la comtesse. « Ta, ta, ta, me dis-je *in petto,* elle se moque de moi, après tout, cette commère-là, avec ses compliments à la comtesse de Mendoze. Eh bien, têtebleu ! je les lui porterai, et aujourd'hui même. Nous allons voir ! Peut-être que madame de Mendoze, qui montre ses chagrins à tout Paris, ne sera pas si discrète que cette señora de l'enfer. Je saurai quel lien il peut y avoir entre ces deux femmes placées, si loin l'une de l'autre, dans la vie et dans la société. » Et du même pas, en disant cela, je me dirigeai vers l'hôtel de Mendoze. Mon mauvais génie m'y fit arriver trop tard. La comtesse n'y était plus. Elle avait quitté Paris depuis plusieurs jours pour une de ses

terres. Ce fut même longtemps après être
allé à l'hôtel de Mendoze que j'appris, — je
crois chez madame d'Outremont, — que la
malheureuse comtesse (c'est son titre officiel)
s'était retirée à son château de la Haie-
d'Hectot, en Normandie, c'est-à-dire, qu'elle
habitait à une lieue et demie de madame de
Flers. Saviez-vous cela, ma chère amie ? **La**
société de Paris qui sait tout, elle, même la
topographie du Cotentin, quand il s'agit de
faire du scandale, a fort bien remarqué que
de toutes ses terres, madame de Mendoze
avait justement choisi celle dont la situation
la rapprochait le plus de M. de Marigny.

« Telle a été, en toute exactitude, ma chère
comtesse, la visite qui a suivi votre départ à
la señora Vellini. Comme vous voyez, je
ne suis pas heureux avec cette femme-là,
car voilà bien la seconde fois que j'échoue
quand il s'agit de connaître ses impressions

ou ses desseins. Elle renverse tous les préjugés sur les femmes. Ajoutez que je ne sais
pas un mot de la vérité ou de la fausseté de
ses *relations* avec la comtesse de Mendoze,
qui était bien réellement et assez ridicule-
ment à Saint-Thomas-d'Aquin, le jour du mariage, si vous vous le rappelez. On n'est donc
pas moins renseigné que moi. On n'est pas
dans une anxiété plus grande. Comptez cela
aussi pour les trois quarts de ma paresse à
vous écrire. Je m'attendais presque à vous
décocher le fameux billet historique : *Pre-*
nez garde à vous, le diable est déchaîné! mais
le diable ne se déchaîne point. Je suis retourné plusieurs fois chez la Malagaise. Je
l'ai toujours vue, son cigarro aux lèvres, fu-
mant tranquillement comme un volcan qui
n'éclate jamais, se berçant dans son hamac
pendu au plafond, enveloppée dans un calme
impénétrable et railleur ; mais le tigre es

calme aussi et même somnolent jusqu'à ce
qu'il bondisse, et son premier bond tombe si
juste qu'il n'a pas besoin de le recommencer.
La señora imitera-t-elle cette aimable bête
avec laquelle elle a peut-être plus d'un rapport de ressemblance? Ne fera-t-elle qu'un
coup de dent du friand bonheur d'Herman-
gardé? Moi je tiens pour les parieurs qui le
croient. N'allez pas vous moquer de mon
astrologie judiciaire. C'est de l'expérience.
Je ne suis pas un moraliste bien foncé, mais
il y a cinquante ans que je repasse l'alpha-
bet de la nature humaine, et je m'imagine
qu'une femme comme cette Vellini est très
menaçante pour la délicate chose, plus rare
encore que belle et plus fragile que tout, que
vous appelez le bonheur permis du mariage.
Est-ce son petit corps qui est sorcier ou bien
son âme? Si vous la connaissiez comme moi,
vous croiriez aussi qu'elle a quelque secret,

je ne sais où, dans sa personne, pour faire revenir à elle un homme. Je vous entends vous écrier que c'est fort laid, ce que j'ose vous écrire là ; mais que voulez-vous, madame la comtesse ? Ce n'est pas ma faute, à moi, si on n'élève pas ses filles pour lutter avec de vieilles maîtresses qui ont toute honte bue, mais qui, à ce prix, font boire aux hommes toutes sortes de choses dont le goût ne se perd jamais. La belle madame de Marigny, avec sa beauté surhumaine, donnera à son mari le même bonheur que vous avez toutes donné aux vôtres ; — que cette charmante rose - thé, maintenant flétrie, madame de Mendoze, a donné à Marigny, qui l'a quittée, et pour revenir à cette Vellini dont il est question. Ce sera toujours la même antienne. Vous appelez cela le bonheur des Anges. Très bien ! Mais les amoureux s'en fatiguent comme un musicien qui serait condamné à jouer toute une partition sur une corde unique. Vous avouerez que cela finirait par être ennuyeux pour le musicien. Aussi qu'arrive-t-il ? On trouve bientôt parfaitement gauche ce qu'on avait trouvé si pur. Et la Fidélité après la possession (je ne parle point de l'autre, dont j'ai été l'exemple à vos pieds) continue d'être, parmi les femmes comme il faut, un fabuleux prodige qu'on n'a jamais vu, tandis qu'ailleurs il existe, à l'état de monstruosité, il est vrai, mais enfin de monstruosité réelle et vivante, avec une alcôve pour bocal !

« Et maintenant pardon, mille fois pardon, chère amie, pour mes prophéties contre un bonheur qui vous intéresse. Dieu est certainement Dieu, malgré les philosophes qui le niaient dans ma jeunesse, et je ne suis pas son prophète. Je puis donc fort bien me tromper et souper à merveille après, comme

je l'ai fait hier, par parenthèse, chez le che-
valier de Falnat, un ami de ce pauvre Dai-
grefeuille. Quant à mes opinions sur les vieilles maîtresses et les jeunes mariées pendant
que je les écrivais, je vous voyais d'ici Carteret, prendre ce grand air qui vous a toujours réussi quand j'ai eu le malheur de vous
déplaire, et je vous entendais me dire : Tai-
sez-vous, monsieur de Prosny ! Je me tais
donc tout court, ma chère comtesse, et je
n'allonge cette lettre, déjà trop longue, que
de mes respects les plus tendres. Vous savez
s'ils le sont !

« ELOI DE BOURLANDE-CHASTENAY, VICOMTE DE PROSNY. »

V

Dans l'embrâsure d'une fenêtre.

La réponse que M. de Prosny avait faite à madame d'Artelles avec une maligne exactitude, n'effraya point la comtesse, mais l'impatienta. Elle y retrouvait tous les préjugés qu'elle avait perdus, mais elle ne respectait pas assez la tête de M. de Prosny pour les reprendre. En sus, il y avait un peu de mo-

querie innocente, car la moquerie du vicomte, — petit acte d'émancipation à ses
propres yeux, — n'était jamais un acte d'in-
surrection positive. Non seulement, il n'aurait pas osé, mais il n'eût pas même songé à
oser. Elle était sa monarchie de cœur depuis trente ans, et cette monarchie absolue
il la tempérait par de petites ironies comme
l'autre dans l'ancien régime de France, se
tempérait par des chansons. La comtesse,
adroite comme les Gouvernements de-
vraient l'être, et n'étant pas pour rien
l'intime amie de madame de Fiers, à qui elle
avait vu pratiquer sur feu le marquis une
domination *modèle*, ne se blessait pas des
plaisanteries de son esclave. Elle avait la
longanimité de cette rusée commère italienne, que l'Histoire, qui se mêle peu du
sexe des âmes, appelle, sur son rabat et sur
sa moustache, le cardinal Mazarin. Elle par-

donnait l'illusion d'nne petite résistance
dans l'intérêt de son pouvoir.

Seulement, comme il faut que la femme
se retrouve un peu partout, elle eut un dépit
impatient en lisant la lettre où le vicomte,
qui n'avait jamais été si brave, maintenait
son opinion sur Vellini. « — Voyez — dit-elle
à la marquise, —voilà que M. de Prosny me
raille maintenant parce que je crois comme
vous à la sincérité du cœur de M. de Marigny. C'est un vrai tocsin qu'il nous sonne
avec les clochettes de son chapeau de fou.
Ne le dirait-on pas épris à son tour de
cette odieuse femme qui fait rêver jusqu'aux
vieillards, et sur laquelle il nous écrit six
énormes pages, lui qui, d'ordinaire, se contente de quelques mots écourtés! Et tout
cela, vertu de ma vie! parce qu'il l'a vue à
sa toilette, dans un corset débraillé, ou rem-

plissant le noble rôle de cocher de M. de Cérisy ! — »

Assurément, avec ses habitudes du monde, madame d'Artelles avait le droit de s'étonner. Mais la marquise qui connaissait mieux la vie et combien peu le code des convenances pèse dans la balance des passions, la marquise ne partageait pas le dédain de la comtesse pour cette femme qui,—comme le disait son amie, — *faisait rêver jusqu'aux vieillards.*

En effet, cette femme, cette Vellini était pour elle une énigme dont elle ne parlait jamais, il est vrai, qu'à madame d'Artelles , et encore ne lui en parlait-elle que bien sobrement, en quelques mots, mais qui préoccupait et *tantalisait* son esprit. Comme M. de Prosny, mais d'une autre manière, incessamment elle en rêvait. Quand dans sa bergère, au coin du foyer ou à la fenêtre de son

salon, elle fermait les yeux et baissait la
tête , ses enfants qui la regardaient ,
croyaient qu'elle était endormie et elle pensait à Vellini. Eux qui l'aimaient presque
autant qu'elle était aimable, se parlaient plus
bas leur tendresse pour ne pas troubler son
sommeil. Ils surveillaient en souriant entre
eux , — douce chose , mon Dieu ! que la
piété filiale ainsi partagée ! — ce sommeil
qu'ils appréhendaient comme un affaiblisse-
ment des organes. Ils la contemplaient avec
mélancolie, elle qui les avait bénis envers et
contre tous. Puis, quand Hermangarde s'at-
tendrissait en la voyant tombée dans ce
sommeil facile aux vieillards , parce qu'ils
vont peut-être bientôt mourir, et que Fran-
çois de Salès à son heure dernière appelait
le frère en attendant la sœur, l'épouse qui
soutenait la fille rapportait à son mari , en
se détournant, une larme qu'il buvait en si-

lence, — la seule espèce de larmes que connussent les yeux purs de cette femme heureuse ! Ingénieux à se tourmenter, ils s'effrayaient à tort pourtant : elle n'était point assoupie. Cet esprit vif et attrayant ne reployait pas ses ailes ; cette vieille que Dieu avait tant douée ne s'affaiblissait pas comme eût fait une matière moins subtile et moins mêlée aux célestes étincelles. Elle était seulement retirée en elle-même, abritant sa méditation sous le voile trompeur du sommeil qui les inquiétait. Mais la vie intérieure couvait au sein de ce repos. Vellini, Vellini passait, en l'enflammant, au fond de cette pensée, cachée, mais attentive. Elle la voyait comme Marigny la lui avait montrée, — comme M. de Prosny devenu (par miracle !) peintre en parlant d'elle, la lui avait représentée à son tour, — et elle cherchait le mot de l'énigme illisible et non pas indis-

tinct. « Il y a plus difficile que de conquérir,
— pensait-elle, — c'est de garder sa conquête. Pour les femmes, c'est le grand pro-
blème, » et elle qui avait cherché peut-être
cette quadrature du cercle du cœur, sans la
trouver jamais, se demandait si Vellini n'a-
vait pas, à son insçu, le génie qu'il fallait pour
la découvrir sans chercher ; pour dompter
l'indomptable Chimère dont le dos ailé tenta
toute femme dans sa jeunesse... Alors la
peur la prenait pour Hermangarde et elle
rouvrait les yeux en sursaut. Mais ce qu'elle
retrouvait, devant elle, chassait sa terreur
comme un mauvais songe. N'y étaient-ils
pas tous les deux ? Ils y étaient l'un à côté
de l'autre, tantôt ici et tantôt là, mais expri-
mant l'amour de leurs âmes dans leurs ges-
tes et dans leurs regards. Parfois oisifs, ils
se contentaient d'une main prise, d'un
échange de pensées et d'accablantes délices

par les yeux. D'autres fois Marigny (l'auraient-
ils cru, ses amis de Paris, qui l'appelaient le
Fier Sicambre ?) ce Marigny dont l'intimité
avec Vellini , — madame de Flers le savait ,
— avait été une longue bataille, renouvelant
la fable si vraie d'Hercule, filant aux pieds
d'Omphale, tendait ses poignets à l'écheveau
de soie d'Hermangarde , qui le dévidait en
le brouillant à dessein , pour sentir plus
longtemps l'haleine du dieu de sa vie sur son
front tiède et ses longs cils. Détails vulgaires,
mais idéalisés par le cœur ; par cet amour,
beauté et mystère, qui jette des torrents de
volupté et de poésie sur toutes les poussières
de l'existence ! C'était sans effort et sans
combat que la marquise se rassurait à ces
spectacles, où l'homme gagne tant en grâce
et la femme en puissance, fusion divine de
deux âmes qui mêlent leurs facultés en les
partageant ! Ah ! quelle femme, fût-elle cen-

tenaîre, ne s'est pas toujours retournée avec
une passion de souvenir vers le bonheur
évanoui de l'amour, quand elle a rencontré
de ces félicités si bien gravées et si visibles
dans la vie , qu'on dirait une eau forte dont
les yeux les plus affaiblis peuvent saisir aisé-
ment la perfection et l'empreinte ?... Tels
étaient les sentiments de la marquise. Elle
jouissait du bonheur de ses enfants, moitié
pour eux, moitié pour elle. Elle passait de
longues heures les mains jointes sur sa ceinture à contempler ce chef-d'œuvre du destin
auquel elle avait contribué et qui condensait
tous les bonheurs épars et moins grands de
sa vie, en un seul, pour son Hermangarde
On aurait juré qu'elle priait. Et qui sait? peut-
être priait-elle. Elle n'avait jamais été
pieuse, mais elle n'avait jamais non plus été
incrédule. Ce qu'elle n'avait pas demandé à
Dieu pour elle, peut-être le demandait-elle

pour sa petite-fille. Tous les grands sentiments sont de grandes croyances, et toutes
les grandes croyances ne s'appellent-elles
pas ? Oui, elle aimait tant Hermangarde
qu'elle eût fait volontiers, cette femme du
XVIIIe siècle, des neuvaines à la Vierge Marie,
la Protectrice des amours saintes, la Mère
de toutes les pitiés, pour qu'elle protégeât
la fragilité sublime d'un amour semblable,
pour qu'elle eût pitié d'un si saint amour.

Mais que cela fût ou non, elle n'était pas
femme pourtant à s'en remettre uniquement
au ciel du bonheur qu'elle lui demandait.
Elle pensait à le couvrir de ses propres
mains, à l'assurer par des voies humaines.
C'était là sa pensée de toutes les heures,
comme le prouvera une des dernières con-
versations qu'elle eut avec sa petite fille,
quelques jours avant de quitter son ancien
manoir de Carteret et de retourner à Paris.

Ils n'étaient pas sortis ce jour-là. La pluie tombait depuis le matin, une pluie des derniers jours d'octobre, fine, pressée, filtrant d'un ciel gris et qui semblait ternir la mer en y tombant, car la mer aussi était grise et son écume roulait du gravier au rivage. Des fumées cernaient l'horizon. Jersey était noir, —mauvais signe,—disent les marins de cette côte. Le vent qui poussait de longues plaintes, en soufflant de la falaise, annonçait de l'eau pour le reste de la journée et rendait toute promenade impossible. Ils n'avaient pas quitté le salon. A une certaine heure, selon son usage, madame d'Artelles s'était retirée dans sa chambre et ils étaient restés seuls avec la marquise. Hermangarde brodait. Marigny, le bras passé derrière elle, sur le dos de son fauteuil, regardait le mouvement languissant de ces belles mains qui travaillaient. Ils avaient d'abord causé tous

les trois. Puis la marquise avait paru s'as-
soupir. Elle s'était isolée d'eux par les cils
baissés, mais non par la pensée. Discrétion
délicate qui ménageait les plus sensitives
pudeurs de sa fille, en ne voulant pas voir
tomber quelque baiser, difficile à retenir, sur
ce cou dont la ligne inclinée passait si près
de la bouche de Ryno.

Après un temps qui ne leur parut guère,
un domestique souleva la portière du salon. Un fermier demandait M. de Marigny.
A ce moment, madame de Flers avait r'ouvert les yeux.

— Ryno vous a-t-il réveillée, ma mère?
dit Hermangarde. Malgré les précautions
qu'il avait prises, Marigny pouvait avoir fait
quelque bruit, tout en traversant le salon.

— Non, mon enfant, — répondit la marquise, — ton mari ne m'a point éveillée; je
ne dormais pas.

— Méchante bonne maman, — dit Hermangarde, — qui reste près d'une heure sans
rien dire à ses deux enfants ! Que faisiez-vous
donc, alors, les yeux fermés et dans le silence ?...

— Ah ! — fit la marquise, avec sa finesse accoutumée, — je vous écoutais vous aimer. —

Une nuance d'un rose pâle traversa les
joues pâles de la chaste femme, qui plus
d'une fois avait été obligée de mettre sa main
sur les lèvres de son mari pour y étouffer
de ces ardents soupirs qui implorent mieux
que la voix quelque caresse.

— Mère, — dit-elle après une légère pause, — est-ce que vous êtes jamais de trop
entre nous ? Est-ce que nous ne serons pas
assez longtemps sans vous entendre, puisque
vous voulez nous quitter, pour nous priver
pendant que vous êtes ici encore, de votre
esprit et de votre voix ?

Et elle jeta un triste coup-d'œil vers la fenêtre d'où l'on voyait la pluie tomber lentement sur les grèves.

— C'est vrai, — répondit la marquise, suivant le regard d'Hermangarde, — voici l'hiver : il va falloir bientôt partir. Madame d'Artelles est pressée de revoir Paris et se plaint de ses rhumatismes. Vous allez rester seuls, mes chers enfants, mais la plus seule des trois sera encore votre vieille grand'-mère, lorsqu'elle sera loin de vous.

— Chère maman, — dit madame de Ma-rigny, touchée du ton de la marquise, en laissant-là sa broderie pour venir prendre la pose qu'elle prenait, quand elle était jeune fille, et en s'agenouillant sur le tabouret aux pieds de sa grand' mère, — j'aime ce pays ; j'y suis si heureuse ; l'été m'y a été si bon, mais je vous préfère à tous les pays du

monde. Si je le veux, Ryno retournera à
Paris...

— Non ! non ! — repartit vivement la marquise, retrouvant sa fermeté sous l'attendris-
sement qui la pénétrait. — Non, ma chère
enfant, je ne veux point de ton sacrifice.
Restez ici, puisque vous vous y plaisez ; je
vous aime presque mieux ici qu'à Paris, où
vous iriez dans le monde sans moi et où je ne
vous verrais pas beaucoup davantage. —

Elle ne disait pas la vraie raison qui la
faisait les *aimer mieux* à Carteret qu'à Paris,
tout l'hiver. Mais si elle parlait du monde,
des distractions du monde, elle ne pensait
qu'à Vellini.

Elle se mit à passer les mains sur le pur
ovale du visage de sa petite-fille qui avait
couché câlinement la tête sur les genoux
maternels, et caressant la joue de Briséïs,
tournée vers elle :

— Tu ne sais donc pas, mon beau cœur,
— lui dit-elle, avec une douce mélancolie, — combien le bonheur d'une femme est
fragile. Tu ne sais qu'une chose, toi, c'est
ton bonheur. Garde-le bien, en restant ici.
Tous ceux qui tiennent à leurs trésors les
cachent dans la solitude. Ryno t'aime avec
idolâtrie. C'est un noble caractère, mais l'amour qu'il a pour toi n'est pas d'une autre
espèce que l'amour des hommes. Ici, qu'aimerait-il s'il ne t'aimait pas? tandis qu'à Paris, il est des distractions de toutes sortes; et
pour une femme aimée, toute distraction
est une ennemie. —

La belle joue que la marquise flattait de
la main changea de couleur.

— Voulez-vous bien, folle enfant, ne
pas pâlir comme cela? reprit la marquise,
Qu'est-ce que j'ai dit pour t'émouvoir ainsi,
grand Dieu?... Ma chère enfant, je te donne

un conseil dans l'intérêt de ton bonheur qui
est le mien. — Et elle embrassa la joue pâlie,
mais qui resta pâle. — L'amour t'aurait-il
égarée au point de te faire croire qu'aimer et
se laisser aimer, c'est assez pour retenir l'a-
mour qu'on inspire. T'imaginerais-tu que
ton mari qui n'est plus un enfant comme toi,
n'a pas aimé avant de te connaître ? Le cœur
d'un homme ! ah ! quelle femme peut se van-
ter d'avoir bien fermé cet abîme et d'en avoir
toujours la clef ?

— Oh ! vous avez raison, grand' mère,—
dit à son tour Hermangarde, en relevant son
visage ému, — nulle femme ne peut se van-
ter d'une telle puissance, s'envelopper l'âme
dans une si douce sécurité. Si j'ai pâli tout-
à-l'heure, c'est à cela que je songeais... je
pensais à cette infortunée madame de Mendoze dont la pensée m'a toujours suivie, depuis un soir...

— Quel soir ? et qui vous a dit, fit la
marquise, que Marigny ait aimé madame
de Mendoze ?

— Oh ! mère, répondit Hermangarde,
ce n'est personne et c'est tout le monde.
Les oreilles des jeunes filles voient et leurs
yeux entendent. Dans ces quelques soirées
où vous m'avez conduite avant d'être mariée,
j'ai surpris, sans avoir besoin de faire une
question, tout ce qu'on reprochait à madame
de Mendoze, tout ce qu'on disait d'elle et de
Ryno. Je ne savais pas ce que c'était qu'aimer alors... Je trouvais bien extraordinaire
ce que j'entendais chuchotter sur M. de Marigny dont les femmes parlaient comme d'un
démon ; je n'avais pas l'air de comprendre,
mais je me demandais de quels moyens
usaient les hommes pour se faire aimer,
comme on disait qu'il était aimé de madame
de Mendoze, malgré l'éclat de l'abandon qu'il

en avait fait ? J'observais profondément cette femme partout où je la rencontrais. Mon Dieu ! que j'avais pitié d'elle ! Elle qui avait été si jolie était méconnaissable. On la disait mourante. Je ne pouvais lui montrer l'intérêt que je lui portais au fond de mon âme. Il y avait des moments où l'envie me prenait, la voyant si malheureuse, de traverser le salon où j'étais et d'aller l'embrasser, devant tout le monde, comme on embrasse une sœur. Quand on l'accusait, j'étais toujours tenté de la défendre ; je ne savais comment l'avertir de la sympathie que j'avais pour elle. Ne vivant que dans une pensée et dans une souffrance, elle ne se doutait pas de ce qui s'élevait pour elle dans mon cœur. Un jour, comme nous sortions de chez madame de Bruck, je lui mis sa pelisse sur les épaules et je ne pus m'empêcher de lui baiser la main. Heureusement le vestibule était sombre, vous ne me vîtes pas, et personne ne me vit, mais moi, je vis bien, dans les ombres, les yeux qu'elle fixa sur les miens, étonnés, attendris, confondus ! Quelque temps après, je la rencontrai chez madame de Valbreuse ; elle fut sur le point de s'évanouir et le sang faillit l'étouffer et monta à ses lèvres quand on annonça M. de Marigny. Lui ! je ne l'avais pas vu encore, mais alors je compris... — Elle s'arrêta.

— Que compris-tu, ma pauvre enfant ? — reprit la marquise.

— Je compris alors, — répondit-elle, rougissant comme si elle avait été une jeune fille encore, — qu'il n'y avait plus qu'à mourir quand *il* ne vous aimait plus.

— Tu ne m'avais pas dit cela, petite ? — dit madame de Flers, avec moins de reproche que de réflexion.

— Non, bonne maman, — fit Herman-

garde, je n'ai pas osé ; je l'aimais. Si je vous
avais parlé de madame de Mendoze, j'aurais
craint de me nuire à moi-même, en nuisant
à Ryno, dans votre esprit. Vous n'ignoriez
pas ce que le monde disait, mais à quoi bon
rappeler à votre pensée des faits qui vous
auraient indisposée contre lui ? Il venait tous
les soirs et d'ailleurs ce que j'éprouvais me
fit bientôt oublier madame de Mendoze. Mes
pensées étaient toutes à lui ; je n'en eus plus
une seule pour elle.

Malheureuse femme! — dit la marquise,
et singulière destinée! Toi qui lui avais
montré un intérêt dont elle était privée, c'é-
tait toi qui devais épouser l'homme qu'elle
aimait avec une passion si profonde.

— Savez-vous ce qu'elle est devenue, maman? dit Hermangarde. Je n'en ai jamais
parlé à Ryno.

— Madame d'Artelles et M. de Prosny di-

sent tous deux qu'ils l'ont aperçue dans une
des tribunes de Saint-Thomas-d'Aquin, à ta
messe de mariage. Elle aura voulu voir la
consommation de son malheur de ses propres yeux. Elle a, ce jour-là, cruellement ex-
pié ses fautes... Les femmes seules peuvent
comprendre ce qu'elle a déployé de courage.
Te doutais-tu, ma pauvre fille, de tout ce
que tu faisais souffrir?

— Ah! si je l'avais su, ma mère, je n'aurais pas été si heureuse!

— Depuis, — reprit madame de Flers, —
nous sommes arrivées ici, et il paraîtrait
qu'elle serait devenue notre voisine. M. de
Prosny qui est bien le meilleur timballier de
nouvelles qui soit dans Paris, a écrit derniè-
rement à madame d'Artelles que madame
de Mendoze était retirée à son château de la
Haie d'Hectot. Si elle y est, elle vit furieuse-

ment solitaire, car il n'y a que nous dans les environs. —

Hermangarde demeura toute pensive. C'était une âme généreuse. La pitié autrefois ressentie la surprenait et la pénétrait avec une force nouvelle. Si ce n'avait pas été une sorte d'impiété envers Ryno lui-même, elle aurait eu regret de son bonheur à ce prix.

Madame de Flers qui était la raison vivante de cette tête, adorablement romanesque comme tout ce qui est grand dans la vie, mit le doigt sur le front d'Hermangarde.

— A quelles choses impossibles rêve cette tête-là? — lui dit-elle, comme si le même sang qui passait dans leurs cœurs, l'eût avertie des sentiments de sa fille aimée, et comme si l'expérience de toute sa vie dût s'opposer à ces sentiments trop sublimes, — inutiles toujours, quand ils ne sont pas dangereux.

— Oui, répondit Hermangarde, ce sont des choses impossibles. Je pensais à aller au devant de cette femme qui a aimé Ryno, et qui en a été aimée. Je pensais à lui demander pardon de mon bonheur... et si j'y allais cependant, il est bien probable que je la blesserais davantage.

— Vous êtes une noble et bonne femme, ma chère fille, dit la marquise, mais c'est une nécessité de la vie de ne pouvoir se livrer à ses meilleurs sentiments. Non-seulement, le monde qui met d'indignes motifs sous toutes choses, expliquerait de travers la moindre démarche que tu ferais vis-à-vis de madame de Mendoze. Mais peut-être elle-même n'y comprendrait-elle rien non plus. Tu n'es plus pour elle qu'une rivale heureuse et ta pitié l'injurierait. Entre elle et toi, il y a un mur plus haut que la muraille de la Chine. C'est ton mariage. Vous

pouvez vous rencontrer dans le monde, puisque vous appartenez toutes deux à la même
société, mais cette société vous fera un de-
voir, à l'une et à l'autre, de par l'autorité de
ses convenances, de vous envelopper dans
cette indifférence polie sur laquelle l'observation la plus aiguë glisse comme sur une
armure sans défaut.

— J'aurai bien de la peine, grand'-mère,
— reprit naïvement Hermangarde, — à regarder jamais comme une autre femme, la
femme qui aura été aimée de Ryno.

— Mais elle ne l'est plus, fit la Marquise.
Hélas! on dit qu'elle a été bien imprudente;
qu'elle a malmené son bonheur. Il ne faut
pas toujours, mon enfant, — ajouta cette
Doctoresse de l'amour, se dodelinant dans
sa cape noire, comme un docteur dans ses
hermines, et qui profitait de tout hasard
pour professer à sa petite-fille, une science

qu'elle possédait à fond, — il ne faut pas re-
jeter tous les torts sur les hommes, s'il vient
un jour où ils se détachent. La faute en est
aussi aux femmes qui abusent de leur puissance ou ne savent pas s'en servir. Je te le
disais, il n'y a qu'un moment, mon beau
cœur. Ce n'est pas tout que d'aimer et d'ê-
tre aimée. Il y a l'amour ; puis il y a la politique de l'amour. C'est une politique obligée.
Les femmes qui n'entendent pas le gouver-
ment du cœur qui les aime, perdent bientôt
leur empire. On dit que c'est l'histoire de
madame de Mendoze. C'est une âme charmante, mais les âmes charmantes doivent
être doublées d'habileté, si elles veulent tenir
au mauvais vent de la vie. Je ne la condamne
point, la pauvre femme ; je la plains. On raconte qu'elle a aimé Marigny avec une im-
prévoyance du lendemain et un esclavage
de tout son être qui explique un peu l'aban-

don où elle est tombée. Nous ne sommes point à Constantinople, ma chère enfant. Quelque tendre qu'on soit, il faut rester personnelle. Il ne faut pas être uniquement une chose ornée de dentelles, comme l'oreiller sur lequel on est heureuse. —

Hermangarde écoutait sa grand'-mère avec l'attention qu'elle eût prétée à un oracle, et comme l'oracle est toujours un peu obscur, elle ne comprenait qu'à moitié cette Politique de l'amour, nécessaire à toutes celles qui veulent être aimées. Il y 'avait dans les éléments de son être, une fierté, disons mieux, une pureté de fierté, qui la rendait bien différente de cette faible madame de Mendoze, perméable à un seul sentiment, l'amour. Mais elle lui ressemblait en ceci pourtant que la comtesse n'avait pas une plus généreuse, une plus entière manière de se livrer toute au bonheur de l'homme

qu'elle aimait, et d'y sacrifier jusqu'à l'a-
mour même. C'était là ce qui inquiétait la
Marquise. Au moment de quitter son manoir
de Carteret, elle était plus triste de cela que
de son départ. Elle qui avait fait porter si
longtemps son *doux joug*, comme dit l'*Imi-
tation*, au marquis de Flers, elle qui avait
toujours été, en amour, une Princesse des
Ursins, sans disgrâce, désespérait de voir
naître dans cette poitrine, tabernacle des
choses les plus saintes, mais fermée par la
Fierté et par la Pudeur, ce Génie de l'intri-
gue du cœur qui n'empêche pas d'être bien
éprise, mais qui empêche parfois d'être trop
sincère. Elle sentait amèrement le danger
que l'âme qu'elle avait créait à sa fille. Elle
ne pouvait croire que la femme à qui appartenait un tel visage, se pliât jamais aux roue-
ries innocentes qui sont à l'amour ce que
sont à la dentelle, les épingles avec lesquelles

on la fait. N'y a-t-il pas des âmes qui par
leur grandeur, leur simplicité et les plus adorables réserves, sont fatalement, en bonheur, des maladroites sublimes ? « Pourquoi
es-tu *toi ?* et pourquoi vaux-tu mieux que
moi ? » pensait-elle, en regardant Hermangarde dans l'ombre du jour qui tombait. La
raffale langoureuse se mêlait à la pluie. La
mer, désolée et méchante, y répondait des
brisans. Il est des jours où tout est présage.
De la fenêtre que la nuit commençait d'em-
plir, on voyait vaciller les feux des phares,
penchés sous le vent. Madame de Flers comprenait mieux, devant ce spectacle, l'inflexi-
bilité des choses créées, contre lesquelles le
cœur se brise et ne peut rien. Elle embras-
sait vainement le front dans lequel elle eût
voulu faire entrer toute l'expérience de sa
vie, et l'expérience de toute sa vie lui rap-

pelait tout bas quelle est, quand il s'agit de
l'âme, la stérilité des conseils !

Heureusement, Marigny en rentrant au
salon, les tira du silence et de la tristesse
dans lesquels elles allaient chavirer. Il
rentra, un flambeau à la main. La lumière
de sa présence pénétra dans leurs âmes
mieux que dans leurs yeux la lumière de
son flambeau. O puissance de la vie intime,
magie d'être ensemble, influence du rappro-
chement des cœurs qui s'aiment, dans les
quatre pas d'un salon ! Elles redevinrent
gaies et légères. L'une oublia madame de
Mendoze et l'autre ses pressentiments. Leur
bonheur menacé, ce soir-là, par le je ne sais
quoi qui est peut-être le commencement du
malheur, resta inaltérable ; — ce bonheur
qu'il n'est pas donné à l'homme de décrire
autrement qu'en répétant mille fois son nom !

VI

La Providence qui s'en va.

Peu de jours après cette soirée, la marquise de Flers, accompagnée de son inséparable madame d'Artelles, quitta Carteret et regagna Paris. Elles partirent toutes deux dans une bonne berline, par un temps vif, mais qui n'annonçait pas encore ces cruautés de la saison devant lesquelles elles fuyaient, les engourdissantes frigidités de l'hiver. Les

deux époux qu'elles laissaient dans leur
nid d'Alcyon, ainsi qu'ils aimaient à nommer le château presque marin qu'ils habi-
taient, les conduisirent jusqu'à la lande de
la Haie d'Hectot, au-delà de Barneville,
cette bourgade normande, si remarquable
par la tour carrée et crénelée de son clocher (1). Un domestique conduisait derrière
la voiture deux fringants chevaux de main
qui devaient ramener monsieur et madame
de Marigny à Carteret.

La peine de quitter sa grand'mère, pour la
première fois de sa vie, jetait un touchant
reflet de mélancolie sur le visage sérieux
d'Hermangarde Cette grande personne
avait, pour ce jour-là, revêtu une amazone
de velours noir et placé sur ses bandeaux
blonds et lisses comme de l'or en fusion cou-

---

(1) Du moins, il l'était encore il y a plusieurs années.

lant vers ses tempes, un chapeau de feutre à
la Louis XIII, avec sa plume sombre qui, à
chaque mouvement, frissonnait. On eût dit
qu'elle était sculptée dans cette mise éques-
tre et sévère qui touche au costume de
l'homme, mais qui ne l'est pas. Il fallait la
voir, le corsage emprisonné sous les bou-
tons de jais de cette amazone qui prenait le
ferme contour de la poitrine comme une armure noire et dont la jupe ne pouvait cacher
dans le nombre bouffant de ses plis, ces
formes opulentes qui allanguissent la démarche d'une femme, d'un poids si divin.
Par l'expression, l'attitude, le port, le calme répandu en elle, comme elle dépassait
les femmes de ce siècle et leurs morbidezzes!
Elle avait la grave et romanesque grandeur
de son nom et d'une figure d'histoire; elle
ressemblait à un portrait d'un autre âge, détaché des lambris de quelque palais. Majes-

tueuse comme une Reine, idéale comme une
Héroïne, elle ne rappelait pourtant à la mémoire charmée aucune reine connue, aucune héroïne illustrée par sa beauté, son
courage, ou sa destinée. Elle n'était qu'elle;
mais elle, c'était l'esprit de toute une race;
c'était mieux encore, c'était l'aristocratie
elle-même, ce génie du commandement par
le sang, — renié comme Dieu, dans ces
temps misérables, — mais aussi visible que
lui.

Placé près de sa femme sur le devant de
la voiture, M. de Marigny tenait la main
droite de madame de Flers qui abandonnait
la gauche à Hermangarde. Ils causaient dans
le bruit des roues, comme on cause quand
on va se quitter pour être longtemps sans se
voir. L'impression du départ enveloppait,
comme d'une atmosphère chargée de pressentiments sinistres, ces quatre personnes

dont les genoux se touchaient par les balan-
cements de la voiture, mais dont les âmes
se touchaient bien davantage. Ne formaient-
elles pas une famille ? une famille qui se
rompait, dans le cœur même de son faisceau
vivant, par la séparation aujourd'hui, — de-
main et les autres jours par l'absence ?... Le
déchirement sourd dont ils étaient victimes,
ils le voilaient mal sous des sourires, sous des
plaisanteries ou des observations, dues aux
hasards et aux accidents de la route, mais
ils le sentaient ; ils en souffraient, Hermangarde surtout, l'Antigone de sa grand'mère,
dont l'épaule avait toujours été là, moins
pour appuyer que pour sentir la main mater-
nelle ; et Marigny, comme Hermangarde,
l'*aventurier* Marigny, qui n'avait jamais su
avant son mariage, ce que c'était que le re-
fuge de la famille, que ces entrelacements
d'affections, redoublées les unes dans les

autres, qui lient un homme à son foyer. Ils
allaient être seuls maintenant, dans le désert de leur bonheur... L'âge avancé de la
marquise donnait à son départ la significa-
tion d'un autre, qui ne tarderait pas non
plus... Y pensait-elle, comme eux? Mais si
elle y pensait, stoïque par bonté, elle étouf-
fait ses attendrissements et venait au secours
de l'impression dont ils étaient pénétrés,
pour en diminuer la tristesse. Elle animait
de son esprit l'esprit moins abattu de madame d'Artelles, qui allait reprendre avec
joie ses habitudes de Paris. L'âme payait
cher ces efforts suprêmes d'un esprit qui régnait sur elle. Mais ce modèle des grands'-
mères folles aimait mieux se sevrer de ses
larmes que d'en coûter à sa petite-fille;
même de celles-là qui pures, chaudes, et
sans amertume tombent si naturellement des
yeux remplis, quand une fille quitte pour la

première fois une mère que bientôt elle doit
retrouver. Oui, même ces larmes-là, elle ne
voulait pas les sentir rouler *sur son vieux
cœur, qui ne les valait pas*, disait-elle. Ainsi
plus que toujours, elle essayait de chasser
jusqu'au moindre nuage, errant sur la su-
perficie d'un bonheur qu'elle avait creusé si
profond; semblable au lapidaire, idolâtre
d'un diamant taillé avec génie, qui passerait
son temps à souffler les grains de poussière,
tombés, par hasard, aux facettes de la pierre
resplendissante. Femme inouie, plus syba-
rite du bonheur de ses enfants qu'eux-mêmes! Dans le trajet de Cartéret à la Haie
d'Hectot, elle exprima, en les variant, les
plus suaves nuances du sentiment qui fait
consoler ceux qui vous aiment, quand on
s'en va à l'échafaud. La plus triste, au fond,
c'était elle. Eux, ils étaient jeunes, heureux
par l'amour. Ils avaient pour oublier son

absence le lotus enivrant des caresses. Et elle, qui n'avait qu'eux et qui les laissait l'un à l'autre, portant aux derniers confins de la vie, sa vieillesse à la dévorante solitude, — parce qu'elle voyait à leurs fronts une légitime tristesse ; hommage d'affection qui, certes, lui était bien dû, — elle ne pensait qu'à la dissiper, à force de sérénité apparente, de mots fins et de sourires gais ! On reconnaissait bien la femme qui avait inventé le mot que voici pour justifier ses préoccupations habituelles : *Une grand'mère, c'est deux mères l'une sur l'autre. Ce que l'une oublierait, si c'était possible, pour le bonheur de sa fillette, l'autre ne pourrait pas l'oublier.*

Mais disons-le à l'honneur de Marigny et d'Hermangarde, cette généreuse amabilité échoua dans l'abnégation de ses tentatives. Pour la première fois, ils restèrent inertes et sans écho aux vibrations de cet esprit qui cachait des sanglots dans ses harmonieuses résonnances. Tout le temps qu'ils passèrent avec la marquise, ils n'entendirent en l'écoutant que cette voix de l'adieu qui fait saigner le cœur quand la bouche rit. Arrivés à l'endroit marqué pour la séparation, la voiture s'arrêta un moment. Les chevaux fumaient. Ils respirèrent. On était à peu près au centre de la lande de la Haie d'Hectot, point élevé et nu, d'où l'on découvrait à droite et à gauche un paysage accidenté. Le ciel était gris ; l'horizon bleuâtre. La vapeur des chevaux roulant mollement autour de la berline, fondait la fraîcheur de l'air et permettait de lever les glaces de la voiture. Hermangarde tint madame de Flers embrassée longtemps.

— Adieu, bonne maman, lui répétait-elle, vous partez et nous restons, mais

quand vous voudrez de nous, faites un signe
et nous retournerons à Paris. —

Il fallut mettre un terme aux tendresses.
La marquise de Flers qui lisait dans l'âme de
sa petite-fille, à travers les grosses larmes
qui perlaient dans ses fiers et modestes cils
d'or, désirait qu'elle montât à cheval sous
ses yeux. Elle savait combien le mouvement
physique soulage l'âme à certains moments ;
et puis, ayant l'enfantillage des mères comme
elle en avait la sublimité, elle voulait réjouir
ses yeux de la grâce hardie de sa Brada-
mante. Hermangarde descendit donc de
voiture, avec son mari. Ryno plaça lui-même
le cheval qu'il amena à sa femme, et prenant
dans sa main, le pied, chaussé de daim.
qu'elle souleva, il la mit vivement en selle.
L'impatient et bel animal dansa bientôt sous
ce léger poids qui faisait plier ses reins fré-
missants. Il semblait orgueilleux de porter

Hermangarde, comme si Dieu lui avait donné l'intuition de la beauté humaine, et il jetait autour de lui, des coups de sa tête hennissante, les écumes blanches qui noyaient son mors. En un clin-d'œil, Marigny fut à côté de sa femme sur le cheval qui lui était destiné.

— Trouvez-moi un plus beau couple, dans tout le faubourg Saint-Germain ! — dit tout bas, mais ravie, la marquise à madame d'Artelles.

Ils approchèrent et maintinrent leurs ardentes montures contre la portière de la berline, et ils recueillirent, en baisant les mains que les douairières leur tendirent, les dernières recommandations. Comme le cheval d'Hermangarde, prêt à bondir, s'électrisait sous le genou doux et rond qui le pressait, la marquise, un peu alarmée, se rassura pourtant en voyant la pose olympi-

que de force et de calme qu'avait Ryno de
Marigny.

— Garde du corps et du cœur, — lui dit-
elle, tendrement et gaîment tout à la fois, —
gardez la reine de nos deux âmes. C'est la
mienne et la vôtre, veillez bien pour nous
deux. —

Et la voiture partit rapide, les laissant immobiles et tournés vers le côté qu'elle avait
pris. Elle mit assez de temps à disparaître
dans ces landages où nul arbre ne borne
l'essor du regard. Les deux amies se pen-
chaient aux portières et agitaient leurs mouchoirs. Enfin mouchoirs, chevaux, voitures
et jusqu'au bruit des roues, tout s'engloutit
derrière un repli de térrain.

— Nous voilà seuls, — dit Hermangarde,
essuyant avec le manche de sa cravache deux
larmes retenues longtemps. — Et elle regarda son mari comme pour faire équilibre

à cette perte d'une mère, comme si avec *son*
Ryno, elle eût pu conjurer la vie et défendre
à toutes les douleurs de l'approcher !

— Crois-tu, lui répondit son mari, qu'elle
ne sera pas avec nous, quoique absente, et
crois-tu qu'elle ne le sait pas ?... — Ils retour-
nèrent leurs chevaux du côté de Barneville.
Mais l'heure était peu avancée. La lande
était si déserte, les airs si muets, le paysage
si touchant, qu'Hermangarde dit : « Ne re-
venons pas encore : faisons le tour de la
lande plutôt. » Et comme des enfants qu'ils
étaient, — car l'Amour est une sainte enfance, — ils mirent au galop leurs chevaux,
en se tenant par la main. Si les gens du
monde, les amis railleurs de Marigny avaient
pu le rencontrer alors, donnant ainsi la
main à sa femme, ils auraient fait pleuvoir
sur eux les dix mille flèches de la moquerie ;
mais le monde était loin et ses impitoyables

sagittaires qui trempent peut-être , hélas !
l'acier de leurs flèches dans le sang de leur
propre cœur, et qui n'insultent souvent le
bonheur que parce qu'il leur est impossible !
Ils étaient seuls. Il n'y avait autour d'eux
que la Nature et le silence. A peine le pas
de leurs chevaux retentissait-il sur cette
lande, couverte de thym, d'ajoncs et de ser-
polet. Ils ne rencontrèrent personne, si ce
n'est , au bout de la lande , en s'avançant dans les terres , — à l'orée d'un chemin effondré, — une petite fille, une petite
pauvresse (comme on dit dans le pays) au
teint d'argile, aux cheveux emmêlés, — assise auprès d'une eau verdâtre, — presque
nue, morne, à peine vivante. Elle les laissa
passer et ne leur demanda rien. Mais eux
revinrent et l'interrogèrent. Elle leur montra une de ces maisons au toit bas, qu'on
appelle *bijudes* en dialecte normand, et elle

leur dit d'une voix traînante, qu'elle habitait
là avec sa grand'mère. Le mot de *grand'mère,*
prononcé par cette bouche d'enfant, misérable et douloureuse, remua toutes les fibres
d'Hermangarde. L'*aimes-tu bien? aime-la
bien, ta grand'mère!* se pressèrent sur ses
lèvres émues. Et elle lui donna tout ce qu'elle
avait pour le lui porter. L'enfant s'éloigna,
étonnée, fixant tour à tour la soie brillante
de cette bourse pleine qu'elle tenait dans sa
main chétive et salie, et cette belle dame, si
belle, qui la lui donnait. Ils la virent rega-
gnant lentement la *bijude* solitaire, et se retournant à chaque butte de chemin pour
leur envoyer de loin le farouche et profond
regard de la détresse, de la curiosité et de
l'ignorance. Ils reprirent leur course quand
ils ne la virent plus, s'enivrant ainsi de grand
air, de bonté, de mélancolie! Après avoir
parcouru, en plusieurs sens, cette steppe de

bruyères qui se courbait à son centre comme
une colline, ils revinrent au point d'où ils
étaient partis et où ils avaient quitté madame de Flers. Ils contemplèrent avec une
volupté de regard qui venait peut-être de
l'état brûlant de leurs cœurs, le paysage ouvert devant eux. Au bas de la lande, le ter-
rain se creusait comme un ravin étroit, mais
pour se relever aussitôt de l'autre côté d'un
pont en pierres, bâti sur des eaux peu profondes, aliment des fossés voisins. Ces eaux, qui
roulaient claires et dispersées sur des cail-
loux ferrugineux, allaient abreuver une prai-
rie, sise auprès des bois de la Taille, ancien
Prieuré aux riches dépendances, vendu pendant la Révolution, et dont les fermiers
avaient fait un établissement d'eaux ther-
males. Hermangarde et Marigny apercevaient à leur gauche, les cimes dépouillées
de ces bois éclaircis, et, au travers de leurs

branches brunes, la maison et les tourelles
du Prieuré. En face du pont, une grande
route, incrustée dans la pente, s'élevait en
se tordant vers Barneville, dont la tour cou-
ronnait l'horizon, dentelé par les noires che-
minées du bourg. A droite, une haie épaisse
bordait la route, et le sol s'affaissait tout-à-
coup, autant qu'il surplombait de l'autre
côté. Il était divisé en plusieurs cultures
fermées par des haies, et comme par son
brusque abaissement, il formait une vaste
brèche, il offrait, dans une échappée inat-
tendue, — à l'extrémité de Barneville et sur
un plan plus reculé, — la perspective de la
mer et de ses grèves. Quand le temps était
lumineux, on discernait l'anse de Carteret
et Jersey lui-même, cette Cyclade vaporeuse
de la Manche. Ce jour-là, on ne les voyait
pas. Le ciel, tout nuage, ressemblait à de la
nacre ternie. La mer n'était point bleue,

comme dans l'été, ni verte du vert pâli de
l'aigue-marine, couleur plus ordinaire à ces
plages. Elle n'était pas semée non plus de
ces mille lames étincelantes que le soleil at-
tache parfois à ses ondes et qu'elle lui re-
jette, diamant liquide, sur les angles de tous
ses flots. Éteinte, mais pure, elle s'harmo-
niait avec ce ciel aux nuances voilées et rêveuses, et s'étendait en large bande, molle
comme une huile, glacée d'argent. Hermangarde et Marigny, du haut de leurs chevaux
en sueur, jouirent longtemps de ce spectacle, si bien fait pour un jour d'adieux! Rien
n'y manquait en mélancolie, ni les sons éloi-
gnés de la cloche de Barneville qui sonnait
les premières vêpres du samedi, ni le mu-
gissement, à courts intervalles, de quelque
vache, cachée dans la ramure au pied de la
lande, ni l'heure qui, dans ces courtes jour-
nées de novembre, passe si vite, emportant

le jour ! Ils étaient silencieux et comme pris
de charme. Le charme était en eux et autour
d'eux. Jamais ce pays qu'ils aimaient de leur
amour même, ne leur avait paru plus digne
d'être aimé.

Ils descendirent au pas, — car les pieds
des chevaux glissaient sur les pentes lisses
de la lande, — l'espèce d'escarpement qu'elle
avait dans cet endroit, et ils prirent le pont,
toujours rêveurs, l'un près de l'autre ; la main
de Ryno sur la crinière du cheval d'Hermangarde, ne se disant rien, mais âme dans âme,
et du sein de leur fécond silence, se parlant
plus qu'avec la voix.

Tout-à-coup, un coupé noir, — élégant et
simple, — qu'ils entendirent et virent en
même temps, déboucha d'une route couverte
qui menait au Prieuré, et longeait la rivière
aux mille filets d'eau minérale, et s'en vint
tourner brusquement la tête du pont sur le-

quel ils faisaient souffler leurs chevaux. Ils
se rangèrent pour laisser passer l'impétueux
attelage. Le cheval de Marigny, qui se cabra,
faillit être atteint par une des roues. Ils re-
connurent madame de Mendoze, et ils la sa-
luèrent. Ni elle, ni eux ne se croyaient si
près.... Cette apparition imprévue pour tous
les trois, fut un coup de foudre partagé. Madame de Mendoze n'était plus que le spectre
d'elle-même. On eût juré que les os man-
quaient comme la chair à ce corps diaphane,
qu'une pelisse de satin cramoisi, trop pe-
sante encore pour sa faiblesse, écrasait sur
les coussins du coupé. Elle passa vite. Ils ne
purent juger des détails horribles d'un chan-
gement qui datait de loin, mais qui se préci-
pitait vers son terme. Quand les yeux éteints
et vidés de cette tête de morte que madame
de Mendoze portait sur ses épaules voûtées,
tombèrent sur M. et madame de Marigny, il

s'y montra une espèce de tremblement nerveux, comme on en a parfois aux lèvres. Ce
fut tout. Elle n'avait plus assez de sang pour
qu'il en montât de son cœur une seule goutte
à sa joue creusée, et sa pâleur était si profonde qu'elle ne pouvait plus augmenter.
Hermangarde, qui avait eu pour cette malheureuse femme une si orageuse pitié, plon-
gea sur elle des yeux avides qu'elle en retira
épouvantés. Quant à M. de Marigny, il eut
au cœur une de ces morsures que le mal
qu'on a fait y met parfois. Il essaya de cacher son trouble, comme un homme qui
avait un autre bonheur à ménager. L'écart
formidable de son cheval empêcha peut-être
Hermangarde de remarquer une émotion
qui l'eût brisée, car voilà l'Amour et ses
transes! Il ne permet pas à la bonté d'être
trop expressive. Il dit avec sa soupçonneuse
tyrannie : « Je veux bien avoir pitié d'elle et

des maux dont tu es la cause, mais je ne
veux pas que tu aies trop de pitié, toi! »

Au reste, Hermangarde se serait trompée.
Son heureux époux n'avait pas d'émotion
au service de madame de Mendoze. S'il était
ému, c'est qu'il avait vu une autre femme
dans le coupé de la comtesse. Il avait reconnu Vellini.

VII

Le criard.

M. et madame de Marigny remontèrent
lentement la côte escarpée. L'impression
qu'ils venaient de recevoir de cette vue rapide, — mais distincte, — leur ferma la bouche pendant quelque temps. Par une délicatesse facile à comprendre, ils ne s'étaient
jamais entretenus de la comtesse de Mendoze, mais jamais, non plus, depuis leur ma-

riage, ils n'avaient eu une occasion exté-
rieure d'en parler. C'était la première fois
que cette occasion se présentait à eux de
manière à ne pouvoir pas, sans affectation,
l'éviter.

— M. de Prosny avait raison, — dit Hermangarde, — il avait mandé à madame
d'Artelles que madame de Mendoze était à
son château de la Haie-d'Hectot. —

Elle dit cela, simplement, pour ne pas se
taire, car se taire, après cette rencontre, eût
été plus que de parler. Elle ne voulait point
faire croire à son mari qu'elle devinait ses
pensées secrètes et qu'elle pouvait en souffrir. Elle craignait d'ajouter, par une réflexion, sur l'état affreux de l'agonisante
comtesse à l'espèce de remords qu'elle soup-
çonnait à Ryno. Elle l'aimait assez et elle
était assez bonne pour lès partager, ses remords, elle qui n'était pas coupable et qui

entendait crier dans son cœur : « Voilà pourtant avec quoi le bonheur dont tu jouis, a été fait ! »

Ryno ne répondit pas. Il ne pensait pas à madame de Mendoze. Il pensait à *l'autre*..... à Vellini. Comment se trouvait-elle dans le coupé de la comtesse ? Pourquoi cette femme, quittée volontairement, et de son plein gré à elle-même, venait-elle se placer à quelques pas de lui dans la vie ? Dans quel dessein et dans quel but ? Marié, il lui avait prouvé, par le plus dur silence, qu'il ne l'aimait plus, et qu'il n'aimait réellement qu'Hermangarde ; mais alors pourquoi ce coup de lancette au cœur, quand il avait vu auprès de madame de Mendoze, la tête si connue, — laide, obscure et indifférente !

— Quelle femme était donc avec madame de Mendoze ? — reprit Hermangarde, — essayant de distraire l'attention de son mari du spectacle douloureux qu'elle croyait resté dans son esprit. Nous nous connaissons toutes, à peu près, au faubourg Saint-Germain, mais je n'y connais pas cette figure-là.

—C'est peut-être une femme des châteaux voisins, — dit Marigny, insincère avec Hermangarde pour la première fois de sa vie.

— Elle a l'air étranger, fit la jeune femme. La comtesse a été élevée en Italie. Ce sera peut-être une de ses amies d'enfance qui sera venue la voir et la soigner. —

La conversation tomba encore. Le froid qui venait à cause du soir, et aussi à cause de la brise, plus vive à mesure qu'ils se rapprochaient de la mer, leur fit hâter le pas de leurs chevaux. Ces beaux Amoureux, qui galopaient, il n'y avait qu'un instant, le cœur léger, les mains nouées, le sourire aux lèvres, dans les landes de la Haie-d'Hectot, trottaient maintenant, sombres, dans les che-

mins pierreux, cinglant le cou de leurs montures avec ces mouvements de la main qui
trahissent plus l'agitation intérieure que l'impatience d'arriver. Le jour s'évaporait peu à
peu dans les airs. Ce fut à la nuit close qu'ils
descendirent la rue mal pavée de Barneville. On commençait d'allumer dans les maisons les lampes fumeuses dont la lueur passait à travers les fenêtres à petits carreaux.
Hermangarde souffrait évidemment du silence prolongé de son mari. La vue de madame de Mendoze, pensait-elle, lui avait
rappelé trop vivement un passé détruit. Mais
est-ce que les remords seraient des regrets?..
La jalousie commençait donc de lui appuyer
sur le cœur sa griffe cruelle, comme si elle
eût tâté la place où bientôt elle l'enfoncerait.
Marigny ne se doutait guère des douleurs
qu'il infligeait déjà à cette belle enfant, qui
lui avait donné son cœur et sa vie. Il l'aimait

avec une passion si sincère que c'était surtout à cause d'elle qu'il repoussait dans sa
pensée l'obsédante vision de Vellini. Comme
tous les hommes qui secouent une image je-
tée, comme un joug, sur leur souvenir, il
éprouvait la soif du mouvement physique,
de ce mouvement stérile qui remue pour
rien nos angoisses dans nos poitrines et ne
nous lance pas l'âme dont nous souffrons
hors du sein! Au sortir de Barneville, il
donna de l'éperon à son cheval, comme s'il
avait été seul, ne se rendant pas bien compte
de ce qu'il faisait, et il se précipita sur les
grèves avec une impétuosité folle. Hermangarde le suivit de la même vitesse. Intrépide,
aimant l'émotion du danger et la palpitation
qu'il engendre, elle aurait, quelques heures
plus tôt, joui de cette course furieuse, imprudente, à perte de vue et d'haleine. Mais alors
elle en souffrit comme de ses pensées. Cette

course lui paraissait sinistre. Ryno, qui la devançait, avait l'air de la fuir. Elle le suivait et ses larmes coulaient. La ventilation de la course et l'air salin du rivage les séchaient sur son visage bouleversé. Lui ne les voyait pas : il galopait toujours... « Qu'as-tu, Ryno ? Pourquoi vas-tu si vite ?... » Elle le lui cria plus d'une fois. Mais il n'entendit point. Le vent qui leur fouettait la face et qu'ils fendaient de leurs deux têtes, comme les têtes des nageurs coupent l'eau, emportait en arrière le cri déchiré d'Hermangarde. Sa voix lui revenait sans puissance. Son amour allait-il lui revenir aussi ? Ils passèrent le bras de mer qui coulait à l'entrée de Carteret, sous le pont de planches. La mer était montée, l'eau profonde. Les chevaux lancés en eurent jusqu'au poitrail. L'ondoyante amazone qui traînait enflée par la course, comme l'aile d'un cygne noir ; les pieds chaussés de daim,

ces pieds de Diane chasseresse, mais délicats
comme des pieds de Parisienne, les genoux
d'Hermangarde, trempèrent dans cette eau,
froide et meurtrière comme l'acier. De ce
bras de mer jusqu'au manoir, on aurait pu
la suivre à la trace de sa robe et de ses pieds
ruisselants. A elle, il semblait que c'était le
sang de son cœur qui ruisselait ainsi et tombait dans le sable. Une telle illusion épuisait
ses forces. L'imagination des êtres nerveux
ajoute tant de dangers à la douleur ! Il était
temps qu'elle arrivât : elle ne tenait plus sur
sa selle. Elle s'évanouissait. Quand son cheval, devancé toujours par celui de Ryno, arriva devant le perron du manoir et s'arrêta
court, Ryno était descendu du sien et alla
vers elle. Il la prit à son cou, humide, pâle
et froide, comme une naufragée, pour la
mettre à terre ; mais il la sentit s'affaisser sur
son épaule, comme un lys cassé dans les

mains qui le portent, et il monta vite les marches du perron, chargé de son précieux fardeau, réchauffant de toute sa personne ces genoux mouillés qu'il appuyait contre le foyer de sa poitrine et qu'il encerclait de ses bras, comme de deux bandelettes tièdes de vie. Il l'emporta et la déposa dans *leur* chambre, sur ce lit où ils avaient moins dormi que veillé, en face d'un feu qu'on avait allumé d'avance pour leur retour. La figure de Ryno, arraché à sa préoccupation par l'angoisse de sa femme, cette figure qui rayonnait d'amour et d'anxiété tendre, sa voix émue, son sein soulevé, ramenèrent Hermangarde à la vie, au sourire, au bonheur, et d'un trait effacèrent les impressions qu'elle avait si violemment ressenties. « C'est fini, ne t'inquiète plus, je suis bien, — dit-elle. — Ah ! je suis bien maintenant, — reprenait-elle, respirant longuement ; délivrée ! Elle était assise sur

le lit ; son chapeau, à la plume flottante, détaché, ses pieds dans les mains de sa fille de
chambre qui lui délaçait ses bottines, et qui,
à genoux devant elle et penchée sur ce qu'elle
faisait, ne *les* voyait pas qui se regardaient,
comme s'ils avaient été seuls. Hermangarde,
redevenue heureuse, ferma les yeux pour
leur faire boire, sans qu'on les vît, à ses paupières, deux larmes qui y étaient restées, et
roula ainsi sa tête sous les lèvres de son
mari, qui baisa ces deux longues paupières
et y trouva ce qu'elle voulait y cacher.

— C'est de l'eau de la mer qui m'a sauté
dans les yeux, — dit-elle toute rieuse, en les
rouvrant, ces yeux divins, — saphirs mouillés dont la couleur était moins douce que la
tendresse.

Le reste de la soirée vengea bien Hermangarde de la première douleur qui avait
traversé son âme. Il s'écoula dans les molles

et vives délices d'une intimité sans témoins. On aurait dit que madame de Flers, — à travers laquelle ils s'aimaient, tant ils l'aimaient elle-même ! tant elle était une douce interposition entre leurs cœurs ! — les avait rapprochés l'un contre l'autre, en se retirant d'entre eux deux. Et si ce n'était pas vrai pour leur amour, car leurs cœurs pouvaient-ils adhérer davantage ? c'était au moins vrai pour leur vie intime qui allait se redoubler de solitude. Il n'y a qu'une atmosphère où l'amour n'étouffe pas, c'est la solitude. Comme les aigles auxquels il faut les immensités d'un désert d'azur, l'amour n'a sa largeur et la naïveté puissante de ses mouvements, que dans une solitude, immense, profonde, complète ; une empyrée de solitude ! Qui ne le sait pas ? A chaque instant dans les plus douces relations de famille, sous le même toit, ceux qui s'aiment de l'amour le plus légitime et le mieux montré s'aperçoivent qu'ils ne sont pas seuls et c'est une contrainte dont ils souffrent... Sensitives de félicité partagée, ils se crispent sous le regard, même le plus indulgent, et ils retiennent l'épanouissement de leur âme qui tend à s'ouvrir, comme une fleur gonflée que ses parfums vont faire éclater. Les abandons dont on ne saurait se défendre, ces langueurs qui prennent tout-à-coup, ces irrésistibles envies de laisser tomber son front sur l'épaule aimée, prie-dieu vivant où les têtes qui aiment s'appuient pour cacher l'extase de l'ivresse ou faire la méditation du souvenir, il faut y résister et les suspendre. Il faut faire avec une faible âme ce que Dieu ne fait pas dans sa magnifique nature, car Dieu qui lance le torrent de la cîme du mont dans l'abîme, n'en rompt pas à moitié la courbe étincelante, ne fige pas subitement

l'écharpe d'écumes , tout-à-coup déchirée
sous les rayons de son soleil. Ces cruels
supplices d'abandon réprimé, le départ des
deux douairières en avait délivré les Mariés-
Amants. Ils allaient enfin jouir pleinement
d'eux-mêmes et cacher tous les mouvements
de leur vie dans ces deux profondeurs du
neuvième ciel de l'amour : la liberté et le
mystère. Pour eux, il ne devait plus y avoir
de moments impunis, stériles pour le bonheur, défendus à la caresse. Le collier em-
perlé des heures fortunées ne se romprait
plus ! L'amour qui se révèle, parce qu'il n'est
pas regardé, infusé dans tous les actes de leur
existence, les teindrait de sa pourpre, mou-
chetée d'or, et les tremperait dans le nard
de ses essences les plus parfumées. Ils com-
mencèrent, ce soir là, de l'éprouver. Ils eurent les aises de leur bonheur. Ils n'étaient
point ingrats envers leur mère absente... Ils

n'étaient qu'épris. Moins épris, ils auraient
vu le vide de cette maison où ils étaient rentrés seuls. Ils auraient senti, en face de ce
fauteuil où n'était plus madame de Flers, la
tristesse de sa départie. Marigny s'y assit et
prenant sa femme sur ses genoux, il ne pensa
point à celle dont il tenait la place. Hermangarde avait changé son amazone contre une
charmante robe en foulard, d'une forme né-
gligée et coquette. Les manches de cette
robe étaient ouvertes jusqu'au coude et
montraient, dans leurs fentes tombantes, les
beaux bras ondoyants de madame de Marigny, cerclés de leurs bracelets d'opale. Ryno
aimait les bracelets aux bras des femmes.
Vellini qui couchait avec les siens ; Vellini,
cette Bohémienne aux goûts barbares, la
dépravatrice de sa vie, lui avait donné sa
passion sauvage pour toutes ces pierres qui
lancent la flamme et dont elle se plaisait à

tatouer sa peau cuivrée. Hermangarde simple dans sa mise comme toutes les femmes
d'un caractère élevé, s'était bien vite aperçue du goût de son mari pour les bijoux et
elle avait emprisonné ses bras de statue an-
tique, si fiers de leur sévère nudité, dans ces
anneaux de pierres précieuses; auxquels elle
aurait préféré les velours noirs qu'elle portait naguères, roulés et fermés à ses poignets de jeune fille, par une simple boucle
d'acier. Elle aimait son mari avec une passion si entière qu'elle aimait tout ce qu'il aimait. Quand il s'agissait le plus d'elle, c'était
encore de lui qu'il s'agissait. Elle n'existait
plus. Sa personnalité anéantie ressuscitait
dans Ryno. Si, comme Louis XIV pour mademoiselle de La Vallière, Ryno eût aimé les
traces de la petite-vérole sur le visage adoré,
elle l'aurait gagnée en s'y exposant avec

joie, pour lui paraître plus charmante...
seulement pour lui plaire un peu plus.

Ils avaient dîné loin du regard des domes-
tiques qu'ils avaient renvoyés, la table ser-
vie, et ils avaient pu dans ce dîner tête-à-
tête ou pour mieux parler cœur contre
cœur, se rapprocher, mêler leurs mains, mêler leurs pieds, mêler les moiteurs de leurs
fronts et se laisser aller à la dérive de tous
les caprices des imaginations énamourées.
Ah! quel beau moment dans l'amour, lorsque
la Pudeur ne voile plus ses troubles et qu'elle
sent son plumage de cygne s'embrâser!
« Bois dans mon verre, — avait dit Hermangarde à Ryno, avec un sourire ardent et lan-
guide, — tu sauras ma pensée. Cette pensée
que je ne puis exprimer comme je la sens,
— continuait-elle oppressée, — tu sauras si
elle est assez à toi! » Et exprès, elle laissait
au bord du verre quelque chose qui n'était

pas sa pensée. Cette trace nectaréenne d'une lèvre jeune et liquide, ce *hatschich* de la bouche qu'on aime, qui donne plus d'ivresses et de rêves que tous les opiums de l'Orient, Ryno l'avait savouré bien des fois avec d'inépuisables sensualités ; mais ces sensualités brûlantes se purifiaient, sans se froidir, dans l'éther des plus saintes tendresses. Il n'y avait là rien des fiévreuses turbulences, des frissons de flammes empoisonnées et morbides que Vellini coulait jusque dans la moëlle de ses os. C'étaient des voluptés de plus haute origine dans lesquelles l'âme tenait encore plus de place que le corps. Avec ses bandeaux qui ressemblaient à un nimbe d'or, son profil céleste, le bleu velouté de ses yeux, et ses manches flottantes, Hermangarde eût apparu à un poëte comme un bel Archange qui n'était pas tombé, qui ne tomberait jamais, et à qui Dieu avait permis d'entourer Ryno de ses aîles. Elle épurait tous les désirs, en les inspirant. Revenus dans le salon qu'éclairait une lampe, voilée d'une gaze rose, ils s'étaient placés sur le lit de repos qui en occupait le fond, dans l'attitude voluptueuse et mystique, que le peintre a donné au groupe de Francesca de Rimini et de Paolo, quand ils passèrent devant l'œil du Dante, dans une vapeur mélancolique. Il se fit tard. Leur causerie, — cette causerie sur des riens qui sont tout dans la vie du cœur, — s'était éteinte dans des baisers qui eux-mêmes s'étaient éteints sur leurs lèvres en s'y prolongeant. Ils n'entendaient plus que le battement de leurs artères et la mer, — cette Veilleuse éternelle, comme Dieu, son maître, — qui brisait mollement contre le talus des murs du manoir, ses flots assoupis.

Un cri perçant vibra dans le vaste silence.

— Quel est ce cri? dit Hermangarde surprise et troublée. Ryno lui-même avait tressailli en l'entendant.

— Ah! mon Dieu! serait-ce le *Criard*, fit-
elle, dont ils nous parlaient, il y a quelques
jours, aux Rivières, chez le pêcheur Bas-
Hamet? Ecoutons, — ajouta-t-elle, curieuse. —

Le Criard est une superstition de ces rivages. Ils racontent que la veille de quelque
tempête, — d'un grand malheur inévitable,
— un homme dont jamais personne n'a vu
le visage, enveloppé dans un manteau brun
et monté sur le dos nu d'un cheval noir, à
tous crins, parcourt les mielles (1) et les rochers, en les emplissant de cris sinistres. Ni
sable mouvant, ni varech glissant, ni fosse
d'eau, ni pics de rochers n'arrêtent le vaga-

(1) Nom qu'on donne aux grèves dans le pays.

bondage rapide de cet homme et de son
cheval noir, dont les fers rouges, comme
s'ils sortaient d'une forge infernale, ne s'é-
teignent pas dans l'eau qui grésille et qui
fume noircie, longtemps encore après qu'ils
l'ont traversée. Hermangarde, à la fibre
poétique, surprise de trouver vivantes, sur
une côte écartée de la Normandie, de ces lé-
gendes semblables à celles que Walter Scott
nous a rapportées de l'Écosse, Hermangarde
qui parlait à tout le monde avec cette bienveillance de châtelaine qui reconquiert, par
le charme de sa personne, les vassaux perdus de ses ancêtres, s'était fait plus d'une fois
raconter l'histoire du Criard.

Mais le cri recommença plus perçant et
plus net. On eût dit qu'il était poussé du pied
des murs de la cour.

— Non, ce n'est pas le Criard, — dit Hermangarde, — c'est une voix humaine, c'est le cri d'une femme, cela. —

Et tous les deux, la femme et le mari, se levèrent pour tirer le rideau de la fenêtre et regarder qui criait ainsi dans l'obscurité.

L'Océan monté au plus haut point de son flux avait un peu de houle, mais rien ne présageait de tempête. Le ciel était noir et constellé, sans aucun nuage ; et quoique la nuit fût profonde, on voyait sur la mer. C'est ce que les marins appelent *faire clair d'étoiles.* Une petite barque, sous voiles, qui semblait partir du pied du mur de la cour, se dirigeait vers les deux phares allumés du hâvre, comme si elle avait voulu prendre le large.

— Leur Criard, dit Marigny, ce sont les fraudeurs de la côte qui profitent de la crédulité de ces gens-ci pour les éloigner par la terreur du point où ils projettent de

débarquer leur contrebande. Je parierais
que cette embarcation est pleine de fraudeurs.

— Mais ce n'est pas un cri d'homme que
nous avons entendu, fit Hermangarde, sur
qui le cri avait produit un effet de terreur
inexplicable, car elle était naturellement
brave de cœur et forte de nerfs comme une
femme de roi.

— Tu te seras trompée, ma belle vie,
dit Ryno. Et il l'entraîna avec une impétuosité de mouvement qu'elle prit pour la
douce furie d'un amour interrompu dans
ses plus ineffables jouissances.

Mais il savait bien qu'elle ne s'était pas
trompée, et même il savait de quelle poitrine ce cri étrange était sorti.

VIII

Le diable est déchaîné.

Le lendemain de cette douce soirée, passée dans cette chère solitude, où tout son hiver devait s'écouler, madame de Marigny, un peu lasse de sa course et de ses impressions de la veille, resta dans son appartement. Elle écrivit à sa grand'mère : elle voulait qu'une lettre qui lui parlât de ses enfants arrivât à Paris presque en même

temps qu'elle. Ryno, voyant sa femme occupée, alla errer seul du côté de la falaise. Il
était midi. Le temps était sorti clair du sein
d'une brume évanouie dont le vent avait
poussé les déchirures jusqu'aux bords de
l'horizon. Un banc de nuages, unis et tendres,
retenait le soleil captif, mais sa lumière ir-
risée commençait d'en franger les contours
d'un ruban d'or incendié. Ryno longea le
hâvre désert, en rêvant. L'incroyable bonheur dont il jouissait, depuis plus de cinq
mois, n'avait pas mis dans cette âme, que
nous avons vue si orageuse, un seul de ces
ennuis inévitables par lesquels tout finit dans
la vie, même hélas! la félicité. C'était une
plénitude de jouissance qui donnait un beau
démenti à la nature humaine, comme son
bonheur en donnait un à la destinée. Mais,
disons-le, la sécurité de ce bonheur venait
de recevoir deux atteintes. Deux flèches, im-

perceptibles pour tout autre que pour l'âme
frappée, étaient parties d'un arc invisible,
toujours tendu de son côté. Vellini dont il
avait enseveli l'image dans son âme au point
de l'y croire enterrée; Vellini, forte d'un
passé qu'elle évoquait par sa présence, était
dans les environs. C'était elle qui hier soir,
l'insensée! avait poussé deux fois ce cri qu'il
avait reconnu, malgré la nuit et la distance,
venir de cette voix qu'il avait portée dans
son âme pendant dix ans. Ainsi, la voir le
matin dans la voiture de madame de Mendoze, cette première émotion qu'il n'avait
perdue que sur le cœur d'Hermangarde, n'é-
tait pas assez. Il fallait qu'une autre s'ajou-
tât à celle-là, et vînt le troubler jusque sur
ce cœur, son empire et sa forteresse, où il
oubliait tout et ne craignait rien. Ah! si les
femmes qu'on a aimées savaient ce qu'il leur
reste de puissance, même après qu'on ne les

aime plus, elles n'auraient ni de si cruelles désespérances ni de si lâches résignations !

Marigny, en proie à ses pensées, monta le chemin de sable de la falaise. Selon son usage, il avait pris son fusil pour tirer aux mouettes et aux hirondelles de mer. Deux chiens danois magnifiques, — Titan et Titania, — marchaient devant lui. C'était un cadeau de Vellini que ces deux chiens, d'une vigueur de lignes et d'un éclat de robe, qui les faisaient ressembler à deux fabuleux tigres blancs apprivoisés. Elle les lui avait donnés, un jour, bien avant qu'il se mariât... Vingt fois, avec Hermangarde, qui aimait à poser sa main d'ivoire ciselé sur leur crâne carré et leur muffle noir, il les avait regardés sans penser à celle dont la main brune s'était posée à la même place. Bien des fois, il les avait vus se coucher et étaler leurs larges pattes dans le bas de la robe d'Hermangarde, traînant sur le tapis lorsqu'elle était assise, et jamais ils ne l'avaient distrait de cette femme dont ils froissaient le vêtement précieux et fragile avec la hardiesse de leur beauté. Aujourd'hui que cette femme aimée n'était pas là pour effacer tout de son charme, Titan et Titania lui rappelaient avec une énergie dont le secret était dans les émotions de la veille, la main qui les lui avait offerts. En courant, ivres de grand air, sur le revers de la falaise, ces nobles bêtes semblaient tracer autour de lui, avec leurs dos blancs et mouchetés, les lettres du nom de Vellini, comme une fatidique arabesque. Il était donc écrit que nulle part, il n'échapperait à cette pensée qu'il avait tenue sous lui, comme le cadavre d'un vaincu, mais qui se relevait. Hermangarde! Hermangarde! disait-il en marchant, comme le dévot qui invoque Dieu quand les pensées du

démon lui viennent. Eh ! qui , n'a pas répété
parfois le nom fortifiant de la femme aimée?
Qui ne s'en est pas couvert aux jours de dé-
faillance , comme d'un bouclier enchanté ?
Quand Marigny, en répétant ce nom, regardait dans son âme, il était sûr que son amour
n'avait pas baissé ; qu'il y *battait le plein*
comme cette mer qu'il voyait à ses pieds
battre le sien sur la grève sonore , dans la
force calme de sa toute-puissance. Elle était
alors admirable et au point le plus élevé de
son niveau. Les brises, chargées de nitre ,
creusaient en petites et molles ondes sa surface , labourée par de longs zig-zags écu-
meux. Le ciel reflétait à l'horizon les nuances
pâles d'émeraude de cette mer solitaire , qui
comme une femme fière, dont le sein ne porte
l'image d'aucun homme , ne sentait alors le
poids d'aucun vaisseau sur ses flots hautains
et paisibles. Pour jouir mieux de ce grand

spectacle, Marigny se dirigea vers la plate-
forme de la Vigie, attachée au flanc de la falaise; suivant ses chiens qui avaient pris
cette direction avec des aboiements joyeux.
Quand il entra sur cette plate-forme ruinée,
il les vit se rouler de plaisir aux pieds d'une
femme qu'avec le flair d'une fidélité immortelle, cachée, comme une leçon pour l'homme, dans l'instinct de ces généreux ani-
maux, ils avaient de loin reconnue. C'était
Vellini.

Elle était assise sur le vieux canon rouillé
et détaché de son affût qui jonchait le sol et
que les enfants de la côte avaient rempli de
sable jusqu'à la gueule, en se jouant. Elle
était seule. Les chiens, en se jetant sur elle,
l'avaient surprise de leur choc et elle les repoussait doucement de la main, tout en leur
rendant leurs caresses. Sa taille mince avait
une grâce infinie de souplesse en se détour-

nant pour éviter le saut des chiens qui voulaient lécher son visage, et comme elle cherchait des yeux *celui* qui devait les suivre,
elle se détournait un peu plus encore, fine,
brisée, tordue sur la base de ses hanches...
Ryno revoyait sa couleuvre, — la liane de sa
vie, — dont il avait si longtemps senti, autour
de lui, les replis.

Elle était vêtue comme une femme qui
descendrait de vaisseau, après une traversée. Elle avait une robe de voyage, en étoffe
écossaise, à grands carreaux écarlates avec
un pantalon de la même couleur. Si elle eût
porté la capote écrue et l'éternel voile vert
britannique, on l'eût prise pour une femme
de ces îles, — une Jersyaise ou une Guerné-
syaise, — récemment débarquée. Mais sa
tête était coiffée de cette gracieuse casquette
de cuir verni que les officiers de marine portent à bord, et qui, attachée sous son men-

ton par une jugulaire de soie tressée, seyeait bien à son teint hâve et basané. Autour d'elle, tombé sans doute de ses épaules dans la fougue ou l'insouciance de son mouvement, on voyait un manteau goudronné, humide encore de l'eau de la mer.

— *Ils* m'ont reconnue avant toi, — dit-elle à Marigny, — mais je suis sûre que tu ne m'as pas plus oubliée qu'eux, Ryno. —

Ainsi sa première parole était une parole de ferme confiance. Il la retrouvait telle qu'il l'avait laissée, certaine de l'éternité des sentiments qui étaient entre eux.

— Non, je ne t'ai pas oubliée, — dit Marigny d'un ton qu'il s'efforça de rendre sévère.—Mais pourquoi es-tu venue ici, Vellini?

Ses sourcils, presque barrés, dansèrent sur ses yeux une danse formidable.

—Parce que cela m'a plu, — répondit-elle ; — est-ce que le grand air ne m'appartient pas ?...

Mais Ryno qui n'avait pas désappris le sens de cet être emporté et volontaire, lui prit la main, avec une douceur désarmée. Sa colère, déjà venue, tomba. Ses yeux, noirs comme la mort, brillèrent comme la vie, et un sourire, rejetant ses lèvres boudeuses dans les fossettes de ses joues, découvrit ses *blanches palettes,* — comme disait M. de Prosny, — d'où il sembla partir un rayon qui lui éclaira tout le visage, et lui remonta jusqu'au front.

— Je suis ici, reprit-elle, parce que je m'ennuyais de ne plus te voir, parce que tu n'as pas répondu à mes lettres ; parce que ton mariage n'est qu'un mensonge. Ta vraie femme, c'est Vellini !

— Tu ne te rappelles donc pas nos adieux ? dit M. de Marigny. Tu as donc oublié

cette lassitude qui te fit accueillir mon mariage comme une délivrance?

— Non! répondit-elle, mais c'est toi
qui oublie. Est-ce qu'en nous quittant, ce
jour-là, je n'avais pas le pressentiment que
nous retournerions l'un à l'autre? Seulement,
je croyais que tu reviendrais avant moi. En
cela, je me suis abusée, mon âme est moins
robuste que la tienne. C'est moi qui reviens
la première, Ryno.

— Et inutilement, ma pauvre amie, — dit-
il avec une douceur qui devait lui faire par-
donner le sens cruel de ses paroles.

— Tu le disais aussi, répondit-elle,
quand tu aimais madame de Mendoze. Elle
était belle comme Hermangarde, et pourtant ce fut pour revenir à ta vieille maîtresse,
Vellini, que tu l'abandonnas! —

Marigny courba la tête sous cette âpre démonstration, tirée de l'expérience de son passé.

— Pauvre femme ! — dit-il, attendri par ce nom, — que cette comtesse de Mendoze ! — Et se rappelant ce qu'il avait vu la veille : Comment se fait-il, Vellini, que tu l'aies connue ? quelles inexplicables relations y a-t-il maintenant entre vous ?

— Nos relations ! répondit-elle. C'est toi encore. Je la rencontrai à ton mariage. Comme moi, elle avait eu l'amère fantaisie d'y aller. Tu le sais, nous nous étions vues. Nous nous reconnûmes. Au pied de l'autel où tu venais d'épouser Hermangarde, il n'y avait plus de rivales. Il y avait deux femmes égales devant l'abandon! Nous nous parlâmes. Nous nous prîmes de confiance. Elle me dit sa peine ; je lui racontai quels avaient été mes bonheurs. Toute en larmes, elle s'étonna de mes yeux secs. « C'est qu'il me re-

viendra, » lui dis-je. Mais elle me traita d'or-
gueilleuse. Je lui parus une insensée. Elle
partit à quelques jours de là pour cette Normandie où tu étais. Moi, restée derrière toi
et qui n'écris jamais, je t'écrivis. Tu ne ré-
pondis pas. Paris me devint insupportable.
J'y mourais... asphyxiée. Cérisy se ruinait
pour me distraire, et n'y parvenait pas. Je
pris mon parti. Je laissai Oliva, rue de Provence, et je tombai un matin chez madame
de Mendoze. « Il faut que je revoie Ryno, lui
dis-je. Si vous ne me voulez pas chez vous,
j'irai ailleurs. » Malheureuse, mourante,
n'ayant personne, « vous assisterez à mes
derniers moments, » me dit-elle, et elle
m'accepta. Cela m'a touchée. Au fond, Vellini n'est pas une mauvaise fille. Je devins sa
garde-malade. Turbulente, maladroite, mauvaise garde-malade qui lui casse tout, mais

qui du moins sait la porter de son lit à son
canapé, sans lui faire mal. —

Marigny, appuyé sur son fusil, écoutait en
silence, ému deux fois et pour celle qui mourait et pour celle qui était là, vivante, et qui
reprenait son prestige en lui racontant de
ce tour naturel et rapide qui n'était qu'à
elle, comment elle connaissait madame de
Mendoze. Nature libre des convenances
comme nos mœurs les ont faites, et sautant
toujours par-dessus... sans même les tou-
cher!

— Hier comme elle était un peu mieux et
que le temps était beau, reprit Vellini,
nous allions promener dans la lande quand
nous t'avons rencontré sur le pont, toi et
ton Hermangarde. Ah! comme vous aviez
l'air heureux! Dans cette voiture, où nous
étions, nos flancs en ont tressailli l'un contre
l'autre. « Vous n'êtes pas guérie non plus, »

m'a-t-elle dit, Martyre de Mendoze, avec un sourire que j'ai compris, car on voudrait parfois que l'univers tout entier mourût de la plaie qu'on a au cœur. Il semble que cela soulagerait. Nous nous sommes tues long-temps. Notre promenade a été morne. « Vous vouliez revoir Ryno, — a-t-elle ajouté. Vous l'avez revu, êtes-vous contente?... » Je n'ai pas répondu. Tu avais l'air si heureux ! Pendant nos dix ans, tu n'as jamais eu cet air-là, même dans mes bras. Oh ! je ne pensais point à Hermangarde, je ne la haïssais pas. Pourquoi la haïrais-je ? Je ne t'aime plus, quoi qu'elle dise, madame de Mendoze. Je puis juger l'amour, puisque j'en ai eu pour toi un si profond et si violent. Non, ce n'é-tait pas de l'amour blessé que je sentais sai-gner dans mon cœur! Mais ce bonheur que je voyais après cinq mois, aussi splendide, aussi radieux que le jour de ton mariage au

pied de l'autel, insultait à tous les bonheurs
de notre passé. Le soir, je quittai la comtesse
pendant qu'elle dormait. Je m'en vins à ce
village qui est là-bas. — et du doigt, elle
indiqua les Rivières à l'horizon. — Je voulais
te revoir, te parler, rôder, s'il le fallait, autour de ta demeure. Ils te connaissent tous
sur cette côte. Je dis aux pêcheurs de là-
bas, de me conduire à Carteret, au manoir
de Flers. La mer était trop haute, dirent-ils,
on ne pouvait passer le pont. Mais qu'est-ce
que la mer, Ryno ? — continua-t-elle avec
l'orgueil de ces volontés qu'il connaissait, —
Qu'est-ce que la mer, qu'est-ce que l'obsta-
cle devant les désirs de Vellini ? Je comman-
dai, je payai ; ils prirent une chaloupe et
nous allâmes heurter, de cette chaloupe, les
murs entre lesquels tu étais heureux ! Deux
fenêtres brillaient dans l'obscurité. C'est là
qu'ils sont maintenant, pensai-je, et je

me mis à pousser un cri qui devait aller jusqu'à toi. Il me reconnaîtra, disais-je ; ce cri
interrompra peut-être une de ses caresses à
sa femme. Il se dira : Vellini est là ! et je re-
commençai ce cri que j'aurais voulu plonger
dans ton cœur à travers ces murs. J'avais
deviné. Tu avais entendu. Vous vîntes à la
fenêtre. Je vis vos deux ombres se mouvoir
sur la lumière placée derrière vous. Que vous
disiez-vous ? Vos fronts rapprochés, ces murs
silencieux qui vous gardaient, me donnaient
la fièvre. La brise froide, les gouttes d'écume, que me jetait la vague, me faisaient du
bien. Je leur dis de pêcher s'ils voulaient et
que je resterais avec eux. Ils prirent le large.
J'ai passé la nuit sur cette mer glacée, enveloppée là-dedans, — ajouta-t-elle en foulant du pied le manteau de toile cirée tombé
sur le sol. —

Elle parlait avec l'émotion qu'elle mettait

à tout, quand elle n'était pas indolente. Chaque mot prononcé par elle, avec son accent étranger, son regard, son geste; mille choses secrètes, invisibles, qui s'échappent des femmes que nous avons aimées, comme des parfums qu'on respira longtemps et qu'on recommence de respirer, tout reprenait Ryno, — comme la mer reprend pli par pli, atôme par atôme, avec ces petites vagues, fines comme des hachures, la dune de sable qu'elle finit bientôt par couvrir. Il le sentait bien, il n'y consentait pas! Cet homme d'un grand cœur se débattait contre les influences qui le cernaient. Il se roulait comme le lion dans un filet de soie, et comme le lion, il voulut en finir d'un seul coup.

— Vellini, — dit-il à son ancienne maîtresse, avec un accent solennel, — m'as-tu vraiment aimé ?...

— Et il le demande ! fit-elle avec un re-

gard ébloui d'étonnement, comme s'il avait
nié le soleil lui-même, le soleil qui se leva
enfin de son banc de nuages et dont les
rayons coururent sur la mer, en y semant
des plaques de lumière.

— Eh bien, si tu m'as aimé, Vellini, tu ne
veux pas que Ryno de Marigny se méprise et
il se mépriserait, s'il pouvait cesser un instant d'être le mari fidèle d'Hermangarde.
Ta venue dans ce pays ; cette nuit, ces cris,
cette confiance aveugle qu'il y a un lien entre nous que rien ne peut rompre, qui n'est
pas l'amour, quand l'amour existe dans mon
cœur pour une autre femme que toi, Vellini,
ce sont des folies, de grandes et vaines folies
dont il ne m'est plus permis de partager le
délire. Ah ! mon enfant, tu t'es trompée !
Retourne chez la comtesse de Mendoze. Ne
cherche plus à te mêler à une vie où tu n'as
plus ta place, si tu l'as toujours dans mon

cœur. Quand nous nous sommes vus la dernière fois chez toi, ma Ninette, c'est toi qui
me dis : « Laisse-moi ! » C'est moi qui te le
dis maintenant. Donne-moi ta main, comme
une courageuse amie. Je ne veux pas que
nous nous quittions sans l'expression d'une
mâle tendresse, car j'ai aussi la religion des
souvenirs ; mais il faut nous quitter et ne
plus essayer de nous revoir.

— Ah ! nos religions sont différentes, fit-
elle amèrement, sans lui donner cette main
qu'il demandait. Elle avait pâli (était-ce de
douleur ?...) en l'entendant. Les roses d'automne que la brise, — très-vive sur cette
plate-forme,— avait épanouies au sommet de
ses joues bistrées, avaient disparu. Sa tête,
ses yeux, son âme avaient repris leur bronze
accoutumé, et de tout ce métal, il sortit un
son de colère, éclatant et dur.

—Et si je ne veux pas partir ! — s'écria-

t-elle, en se levant du canon sur lequel elle
était assise, image de la Guerre réveillée ! —
Si je ne veux pas partir ! s'il me plaît de vivre sur ces rivages, de passer mes jours sur
cette falaise, d'aller m'asseoir à la porte de
ta maison, me feras-tu chasser par les pêcheurs de la côte, parce que tu as peur, âme
timide, de revenir à Vellini ! Est-ce que tout
cela, — dit-elle, en traçant un arc de cercle
avec sa main dans les airs, pour désigner les
vastes espaces qu'ils embrassaient de la pla-
teforme, — est-ce que tout cela ne m'appartient pas comme à toi? J'aime ce pays et j'y
veux vivre. Si j'y suis de trop, va-t-en toi-
même ! Quant à moi, — et ses bras s'étendi-
rent comme pour étreindre sa conquête, —
j'en prends possession aujourd'hui.

Ne dirait-on pas, — reprit-elle après une
pause pendant laquelle il la contemplait de
cet ancien regard, plein d'admiration, de

douleur, d'impatience, qu'elle lui rallumait
aux yeux... peut-être sans qu'il s'en doutât,—
que je suis venue ici, comme une mendiante,
chercher un regard du souverain qui m'a
proscrite ? — Et sa tête, rejetée en arrière,
avait la puissance que les passions collaient
toujours à son front méduséen. Ses narines
étaient dilatées et ses petits pieds battaient
la terre, de manière à réveiller, jusqu'au plus
profond de sa tombe, l'orgueil de sa mère,
la duchesse de Cadaval Aveïro.

Ainsi Ryno n'échappait à aucune des variétés et des précisions du souvenir. Il la reconnaissait tout entière. Le temps la lui re-
jetait comme il la lui avait prise. Il n'y avait
qu'un instant, c'était Vellini ennuyée et ar-
dente, ce n'était qu'une fibre de Vellini.
Maintenant, c'était l'autre ! C'était la Vellini,
si longtemps appelée *son ouragan, sa violente*
et dont les absurdes colères lui plaisaient

tout en l'atteignant de leur contagion impé-
tueuse. Ah ! la vie passée, la vie passée ne
s'en vient jamais écumer vainement autour
de nous !

Elle vit bien avec ce coup-d'œil de la
femme qui a tordu un cœur dans ses mains
et qui en connaît toutes les faiblesses, qu'elle
troublait le cœur de Ryno et sa colère mou-
rut dans sa joie.

— Ah ! te revoilà, Ryno, cria-t-elle, te
revoilà ! Je t'ai retrouvé ! Voilà ton air d'autrefois, quand ta Vellini s'emportait et que tu
la prenais dans tes bras pour l'apaiser.
Prends-la donc. Apaise-là. Tiens, — ajoutait-
elle avec un sourire adorable, — je suis déjà
toute apaisée. Ton regard a suffi ; je n'ai pas
eu besoin de tes bras.

Mais donne-les moi tout de même, Ryno !
— Et d'un geste à tout dompter dans la
douce fureur de sa grâce, elle lui saisit les

bras qu'il avait appuyés sur son fusil, au risque de se blesser... de se crever le front avec l'arme chargée qui pouvait partir.

— Ah! Vellini, terrible enfant, — dit-il, en les lui abandonnant d'abord et en les lui retirant quand elle les eût passés autour de son cou, — tu as ta magie, mais moi, j'ai mon amour.

— Tu as de mon sang dans le tien, — lui répondit-elle, revenant à l'idée fixe qui régnait sur sa tête, incoërcible à la raison, — voilà ma magie! voilà ce que tu ne pourras jamais ôter de tes veines, quand tu les verserais, quand tu les épuiserais dans le cœur de ton Hermangarde! Ah! Ryno que me fait ton amour? Nous sommes unis, nous, comme l'enfant l'est à la mère pour avoir partagé le sang de ses entrailles. Est-ce que je veux t'arracher à ta femme? Non. Tu ne as pas cru ou tu ne me connais pas. Je suis

venue, parce que je ne te voyais plus, parce
que (je l'ai éprouvé tant de fois) j'ai, quand tu
n'es pas là, comme un trou dans mon âme
par lequel s'écoule toute ma vie. Mon uni de
sang! pense à cela... C'est plus que l'a-
mour. Te rappelles-tu ta Juanita, notre enfant que nous avons brûlée? Quand je tins
dans mes mains ses pauvres cendres, je sentis que cela était encore de mon sang. Et
toi aussi, si j'étais morte, tu sentirais que
Vellini, c'est toi encore, que c'est une part
de toi qui n'est plus ! —

Et l'angoisse et la fauve tendresse de ses
paroles brisait sa voix pleine et en arrachè-
rent des accents qui déchirèrent l'âme de
Ryno.

— Mais jusqu'à ce que je meure, reprit-
elle, il ne faut pas espérer, vois-tu? que Vellini reste tranquille loin de toi, et toi, vivre
perdu dans le bonheur, loin d'elle ! Non,

cela ne saurait être. Le sang mêlé ne le veut pas ! Seulement, — ajouta-t-elle avec une mélancolie affreusement profonde, car il l'avait doucement repoussée quand elle avait essayé de se courber sous le joug de ses bras, — si ta femme a des philtres plus puissants que les miens, Ryno, il faut me tuer pour te débarrasser de Vellini qui n'a rien trouvé, elle, de plus puissant que ce qu'elle a bu par ta blessure.

Écoute, — dit-elle après une pause encore, car Ryno subissait l'empire de ce paroxisme d'une âme outrée — la vie me pèse. Je m'ennuie plus que quand tu me revins d'Écosse. Si tu refuses de mettre tes bras, pour une minute, au cou de ta Malagaise, tu peux me tuer, je souffre trop et je ne souffrirai plus. Oui, nous sommes seuls sur cette plate-forme, prends ton fusil. Ces chiens qui m'aiment ne le diront pas. Ils

sont muets. Je vais me placer dans cette embrâsure. Fais feu! Si on t'entend, tu auras
manqué une mouette et je serai tombée dans
la mer. —

Et elle alla résolument se poser entre
deux créneaux de la plate-forme. Le rebord
de la maçonnerie, ébranlé par le temps,
avait la largeur de la main. La moitié d'un
pas ! elle sombrait dans l'abîme et se broyait
sur les brisans. Elle tourna le dos au préci-
pice avec une insouciance du danger qui la
rendit sublime. Elle ne voulait mourir que de
la main de Ryno.

Ryno la connaissait. Il éut peur pour elle.
Il la vit pencher en arrière... aussi se jeta-
t-il en avant, et la saisissant par le corsage
l'enleva-t-il d'entre les créneaux et la rap-
porta-t-il au centre de la plate-forme,
comme un enfant que sa mère palpitante ar-
rache à la margelle d'un puits. Elle était

heureuse du danger qu'elle venait de courir,
car elle avait voulu les bras de Ryno autour
d'elle et maintenant elle les avait.

IX

La robe rouge.

Quand M. de Marigny arracha Vellini à une
mort certaine si elle fût restée quelques secondes de plus sur le rebord où elle s'était
placée, — car pour bien comprendre le danger qu'elle avait couru, il faut se représenter
la Vigie ayant pour base une anfractuosité de
falaise qui continue, sous le pied de cette
tour élevée, de surplomber la mer d'une

grande hauteur, — il était deux heures d'a-
près-midi, et le temps, brumeux le matin,
avait contracté, sous une fraîche brise nord-
est, la pureté et la clarté du cristal. Le soleil
levé derrière Barneville, — maintenant sur
Saint-Georges, — frappait obliquement la
plate-forme où venait de se passer une scène
bien étrangère aux mœurs calmes de ces
rivages. Cette scène passionnée, dont le
théâtre s'était trouvé entre le ciel, la terre
et l'eau, devait n'avoir, — à ce qu'il semblait,
— d'autres témoins que Dieu et les goëlands
qui étaient passés sur la tête de Ryno et de
Vellini, et qui, effrayés de leurs voix, étaient
montés plus haut de quelques coups d'aile.
Par un hasard inaccoutumé sur ces plages,
longées toujours par quelque brick tirant vers
Cherbourg ou par les bateaux-côtiers occu-
pés à la pêche, il n'y avait pas le triangle
d'une seule voile en mer. Aucun être vivant

ne se montrait non plus dans les mielles, pas
même le douanier, que le froid de la saison
(déjà avancée) avait fait rentrer dans son
trou de sable. Tout était désert. Ce n'était
pas l'heure des *jambes nues*, des pêcheurs de
crevettes et de homards, qui ne vont à la mer
que quand elle est basse et quand les rochers
sont découverts. Personne n'avait donc
aperçu, — de près ou de loin, — ce groupe
étrange qui s'agitait sur la plate-forme : personne, — excepté le seul être qui pût y prendre garde et en souffrir.

Hermangarde, après avoir écrit une longue lettre à sa grand'mère, avait sonné et
demandé où était M. de Marigny. Pouvait-
elle être jamais longtemps sans *son* Ryno?
Sa femme de chambre lui ayant dit que
monsieur était sorti depuis une heure : C'est
bien, répondit Hermangarde, je le retrouve-
rai, et elle prit la résolution de sortir.

— Madame aura froid et madame est souf-
frante, — lui objecta sa femme de chambre,
tout en lui passant sa pelisse bleuâtre.

— Je m'envelopperai bien, répondit gai-
ment Hermangarde. — Et elle ramena sur
sa tête son capuchon ouaté, par-dessus
lequel elle noua son mouchoir brodé, de
peur du vent.

— C'est une imprudence, fit encore la
femme de chambre. Madame veut-elle au
moins que je l'accompagne?

— Non, répondit Hermangarde, restez. —
Et elle sortit seule, comme elle le faisait
souvent sur cette côte où tout le monde la
connaissait et l'aimait, et où le respect qu'on
avait pour elle, protégeait suffisamment sa
solitude.

— Par où prendrai-je pour le trouver? se
dit-elle quand elle eut refermé la grande
porte de la cour, brunie par les pluies. Elle

alla d'abord vers le petit pont, du côté de
Barneville. Puis en s'avançant et ne voyant
personne, elle revint sur son chemin, et passant au pied des escaliers, adossés au mur de
sa demeure, elle se dirigea vers la falaise
que Marigny, — ainsi qu'elle, — préférait à
toutes les promenades d'alentour. Il y avait à
peu près sept cents pas du manoir de Flers
à la falaise, et on les faisait sur les galets
qui bordaient le hâvre. Comme ce jour-là
n'était pas grande marée, elle put poser ses
pieds, sans les mouiller, sur ces galets cou-
verts de coquillages. Ayant dépassé la ligne
des dernières maisons de Carteret qui regardent ce hâvre tranquille, elle trouva sous les
dunes, qui se prolongent en chaîne jusqu'à la
falaise, un vieux matelot qui raccommodait
des filets, assis dans la carcasse pourrie d'une
barque hors de service et tirée à la grève. Il
travaillait par la force de l'habitude, car il

était plus d'à-moitié aveugle, et, de plus, il avait la face tournée vers la mer dont ses narines de bronze aspiraient le vent mordant.

— Bonjour, père Griffon, lui dit-elle. — Elle possédait cette mémoire qui fait aimer les reines. Il n'y avait pas un mendiant, pas un pêcheur, pas un ramasseur de varech sur cette plage qu'elle n'eût pu appeler par son nom.

— Est-ce que vous n'auriez pas vu passer mon mari ? ajouta-t-elle.

— Les coups de vent, la poudre et l'âge, répondit le vieux matelot, ne m'ont pas laissé beaucoup d'yeux. Mais j'*crais* que j'ai vu filer M. de Marigny du côté de la falaise, il y a une heure, avec ses chiens.

— Comme la mer se retire, pensa-t-elle, il sera probablement du côté de notre niche bien aimée. — Elle désignait par là un creux

de rocher, dans le bas de la montagne, où
ils avaient ensemble passé bien des heures.
Ils y venaient voir la mer quand elle se retire après le plein, comme un grand filet
qu'on reploie. Ils y étaient à l'abri du vent et
de la pluie. La roche y formait des siéges
grossiers, sculptures naturelles où ils s'as-
seyaient pour causer et lire ; — Hermangarde pour travailler à quelque ouvrage de
broderie, tandis que Marigny abattait à coups
de fusil les goëlands et les mouettes, que ses
chiens allaient chercher au loin dans le flot.
Cet angle profond, leur *niche,* était précisé-
ment placé au coude que formait la falaise,
au-dessous de la Vigie. Au moment où Hermangarde arrivait de ce côté, son regard
errant fut attiré par le rouge, au soleil, de
la robe d'une femme qui parut toute droite,
dans l'embrâsure de deux créneaux, le dos
tourné à l'abîme, comme si elle en eût eu

peur, tout en l'affrontant. Presque au même instant, les bras d'un homme entourèrent cette femme et deux têtes disparurent derrière les créneaux. De si loin elle ne pouvait juger quelle était *cette robe rouge,* mais de quelle distance n'eût-elle pas reconnu Ryno ?

Un frisson lui passa dans la racine des cheveux. Le même, — lui sembla-t-il, — qui y était passé, la nuit précédente, quand elle avait ouï ce cri de femme que Ryno avait pris pour une *ruse de fraudeur.* « Ah ! la ruse, la fraude, » pensa-t-elle, en faisant tout à coup dans sa tête des associations d'idées foudroyantes, terribles ! Elle se retint sur cette pente d'éclairs, car elle sentait qu'elle devenait folle. Elle prit sa tête à deux mains pour se la rasseoir ; — puis, elle sourit comme réveillée d'un rêve et se dit avec une pensée qui tuait l'égarement : « Pardonne-moi, Ryno ! »

Mais elle n'en courut pas moins vers la falaise et commença de la gravir. Quoiqu'elle fût une robuste femme, mieux découplée que pas une de ces filles de Normandie qui scient le blé et vont traire, le soir, la cruche de cuivre sur l'épaule, elle ne pouvait monter vite cette pente raide et longue et courir contre cet escarpement qui la défiait et résistait à ses efforts. Il fallait du temps pour arriver à la Vigie. Elle s'arrêtait, puis reprenait d'un pas rapide son dur chemin. Elle vit un pâtre qui descendait quand elle montait, poussant devant lui deux brebis maigres. Elle lui demanda, comme au vieux matelot, s'il avait vu M. de Marigny.

— Il est là-bas avec une belle dame, répondit l'enfant. — Il l'appelait belle parce qu'elle était en rouge, ce sauvage enfant!

— Où là-bas? fit-elle, sur la Vigie?...

— Non, là-bas, — dit l'enfant; et il lui

montra le côté de la roche opposé à la tour.

Cela était possible. La falaise est si vaste !
On la monte si lentement ! Elle savait avec
quelle peine elle la montait... Cependant,
l'enfant pouvait se tromper. Il avait l'air
idiot d'ailleurs... Elle continua son ascension
vers la Vigie. Quand elle y arriva, épuisée,
l'enfant avait dit vrai : *ils* n'y étaient plus.

Ah ! qui comprendra cette souffrance?
Elle appela Ryno. Elle attendit, elle écouta,
elle regarda cette embrâsure où elle avait vu
cette femme que les bras de son mari en
avaient arrachée devant elle. « Eh bien! dit-
elle, pâle de crainte, d'inquiétude, de douleur pressentie, — qu'y a-t-il là qui doive me
troubler ? *Elle* allait se tuer. Il l'aura sauvée.
Qu'y a-t-il là qui doive me faire l'horrible
mal que je ressens ?... » Et tout en raison-
nant, elle pleurait sans savoir qu'elle pleurait. Cette femme inconnue, quelque chose

lui soufflait que, pour Ryno, ce n'était pas une
inconnue, rencontrée là au moment où elle
allait se jeter à l'eau. L'instinct du malheur
défaisait tous ses raisonnements. Il opposait
à la raison son épouvantable évidence. Ah!
quand le malheur met sur nos cous sa main
longtemps suspendue, nous avons beau passer les mains de nos corps sur nos nuques
d'esclaves afin de nous attester qu'il n'y a
rien, l'âme, qu'on ne trompe point, a entendu
le bruit de la ferrure, et l'atroce carcan est
crocheté!

Elle resta longtemps sur la falaise, cherchant Ryno et ne voyant rien. Elle erra sur
ce rocher où l'herbe était si courte et si glis-
sante, et comme elle était déjà dans une dis-
position souffreteuse, elle augmenta sa souffrance. Mais qu'étaient les peines de son
corps en comparaison de celles de son esprit?... L'idée qu'elle avait écartée, par un

généreux effort de sa volonté et de sa foi en
Ryno, lui revenait à pas lents dans la pensée.
Elle avait, on l'a vu, appris par le monde
que M. de Marigny avait été un libertin. Madame de Mendoze n'était pas la seule femme
qu'il eût entraînée. Ainsi le passé de son
mari qu'elle avait toujours grandi et poétisé
lui apparut sous un aspect menaçant. Elle
attisa avec ce passé mille jalousies dans son
sein. « Quand un homme a été libertin, —
pensait-elle avec la sainte horreur de l'innocence, — guérit-il jamais de ce vice qu'elle
regardait comme une maladie, et quelque
accès de cette fureur dégradante aurait-il
repris Ryno ? Qu'était cette femme rouge ?...
Si lorsque je vais le voir, il n'est plus avec
elle et s'il se tait, je ne le saurai jamais !... »
Et cette idée la plongeait dans une perspective d'inquiétudes éternelles, car elle connaissait sa noble nature. Elle savait qu'il y

avait dans son cœur une fierté de réserve
que la douleur la plus cruelle ne vaincrait
pas. Elle devait, comme tout ce qui est grand
sur la terre, périr par ses qualités mêmes.
La pensée d'une question ou d'une plainte
révoltait cette âme choisie. « Si ton mari te
trompait jamais, — lui avait demandé un
jour de son adolescence une de ses amies de
pension, — que ferais-tu ? — Je souffrirais
en silence, — avait-elle répondu, — jusqu'à
la mort. Ma douleur serait mon secret. —
Tu te sens donc bien forte ? — lui dit son
amie. — Non, fit-elle, je suis peut-être plus
faible que toi et peut-être serait-ce par faiblesse que je me tairais. » — Elle se trompait
alors, la généreuse fille, en prenant pour de
la faiblesse la délicatesse d'une âme fière à
la manière des anges, sans égoïsme et sans
hauteur, et la plus divine des choses divines,
la pudeur d'un sentiment profond, qui, quand

il souffre, se cache sous des larmes héroï-
quement essuyées, comme quand il était
heureux, il se cachait sous des rougeurs.

Cependant lasse d'errer en vain, — d'appeler en vain, — de souffrir en vain; suc-
combant sous les incertitudes, le corps affaissé, les yeux brûlés de larmes et de vent,
elle se mit à descendre la falaise, croyant
que Ryno pourrait être rentré, car les heures avaient marché comme elle. Le soleil
s'inclinait; les brumes dispersées le matin
se reformaient çà et là; on ne voyait plus
qu'un pan du manteau bleu de la mer partie,
traîner là-bas, à l'horizon, du côté de Jersey.
Sur toute une vaste surface, les rochers ver-
dâtres montraient leurs pointes dressées entre les fosses d'eau qui les séparent, comme
une foule de petits lacs de toute forme et de
toute grandeur. Le froid cinglait. Elle marcha vite, moins pour fuir cette atmosphère

cruelle d'un soir de novembre, que pour retrouver celui qu'elle avait cherché depuis si
longtemps. Elle repassa près du vieux matelot qui était levé dans sa barque à sec et
qui sur le point de regagner Carteret, pliait
son filet, en sifflant.

— Vous n'avez donc pas rencontré M. de
Marigny ?—lui dit-il avec une familiarité respectueuse. — Il vient de devaler des Dunes
à l'instant même et a pris le chemin du manoir.

— Était-il seul ? — fit-elle vivement. Question qu'elle ne put retenir et dont elle rougit
comme d'une bassesse. Le beau sang des
Polastron monta presque aussi vite à son
noble front que la question jaillit de ses
lèvres.

— *Vère !* dit le vieux Griffon qui avait plus
d'une fois emporté son patois normand au

bout du monde, mais qui l'en avait toujours
rapporté.

Elle courut plutôt qu'elle ne marcha le
long du hâvre, mais elle vit bientôt Ryno revenir à elle aussi vite qu'elle allait à lui. Le
premier soin de M. de Marigny rentré avait
été de demander sa femme. On lui avait répondu qu'elle était sortie pour le chercher
depuis plus de deux heures. L'inquiétude le
saisit. Il savait sa femme indisposée ; il crai-
gnit qu'elle n'eût froid sur la côte si tard ; il
prit vite pour elle un grand manteau de mar-
tre zibeline et se précipita à sa recherche.
Quand il la vit qui revenait, il s'élança vers
elle avec la rapidité de la flèche. Mécontent
de lui-même, irrité presque contre sa faiblesse pour avoir partagé les émotions de la
scène de la Vigie, il avait besoin de revoir
l'ovale de ce calme visage, l'astre sans nuages de sa vie et de plonger son âme dans l'eau

bleue de ces yeux charmants d'où elle devait sortir rafraîchie et purifiée, comme d'une céleste fontaine.

Que ne devint-il pas quand il vit le ravage de deux heures d'angoisses sur les traits d'Hermangarde?... Pour la première fois, ces traits placides étaient frappés de la matte meurtrissure des larmes. Avec son mouchoir noué sous son menton et qui lui encadrait le visage comme la bandelette d'une coiffure juive, elle avait la beauté touchante des femmes belles qui ont beaucoup pleuré, car la beauté vraie de la femme est peut-être d'être victime. Ryno, — en la regardant, — eut comme un éblouissement aux yeux et une contraction dans le cœur.

— Mon Dieu ! qu'avez-vous, lui dit-il, et pourquoi êtes-vous sortie ?

— Je suis lasse et je souffre un peu, — répondit-elle avec un sourire. Elle avait la dou-

ceur de ne pas mentir en disant qu'elle souffrait. — Je suis sortie et j'ai trop marché, —
ajouta - t - elle en prenant le bras qu'il lui
offrit.

—Comme vous avez été longtemps! lui
dit-elle, — *J'ai cru vous voir* sur la Vigie et
j'y suis montée, mais vous n'y étiez déjà
plus. —

Son bras tremblait sur le bras de son mari.
Sa voix tremblait, elle était allée aussi loin
qu'elle pouvait aller sans lui adresser une
question défiante ou jalouse. Ryno à son
j'ai cru vous voir, — parole qui tomba doucement de ses lèvres, comme une goutte de
sang d'une plaie qui commence à saigner,—
Ryno comprit qu'elle l'avait vu, et si elle l'a-
vait vu, elle avait vu Vellini. Il resta muet,
comme un homme pris entre deux dangers.
Mentir eût été inutile. Dire vrai, dire tout,
c'eût été jeter dans l'âme d'Hermangarde

des appréhensions bien plus cruelles, bien plus redoutables que celles qui y germaient déjà. D'ailleurs, il est, dans le passé des hommes, de ces confidences qu'un mari qui a l'âme élevée ne peut jamais faire à sa femme. Il baissa le front et se tut, navré de ce silence forcé, navré de ce qu'il devinait dans l'âme d'Hermangarde. Elle se tut aussi, la malheureuse, accablée par le silence de son mari qui ne lui racontait pas sa journée et qui attachait par là dans son cœur une éternelle inquiétude. Ils regagnèrent leur manoir, leur doux *Nid d'alcyon* dans lequel entrait avec eux le grain noir de la tempête, — de la cruelle tempête du cœur. Ils souffraient. Ryno souffrait pour Hermangarde. Il avait la connaissance de ce cœur retenu jusque dans la caresse. Ce Sphinx de félicité muette qui jamais ne disait son dernier mot et se cachait dans l'abîme de lui-même, sous l'étreinte de la volupté, il savait qu'il serait un Sphinx de douleur dévorée quand il se mettrait à souffrir. On a vu de ces chastes créatures, plus hautes que la vie, qui aimaient mieux mourir que de livrer, — pour guérir, — un mystère de leur corps à la Science. Hermangarde était de cette race d'âmes; marbres purs qui ne se raient pas, car se rayer, c'est commencer de s'entr'ouvrir, et elles restent fermées. L'Amour, le Mariage, la Douleur, la Vieillesse, tout en les pénétrant, tout en les cueillant, tout en les foulant aux pieds, ne déclosent pas entièrement ces âmes divines, qui gardent jusqu'à la mort, dans un coin de leur âme, comme une silencieuse et inaccessible virginité.

FIN DU DEUXIÈME VOLUME.

TABLE

Imp. de E. Dépée, à Sceaux.

ERRATA

DU DEUXIÈME VOLUME.

—

Page	20,	ligne	4,	ouché,	LISEZ :	touché.
»	136,	»	2,	brisants,	»	brisans.
»	292,	»	20,	tu ne as cru,	»	tu ne l'as pas cru.

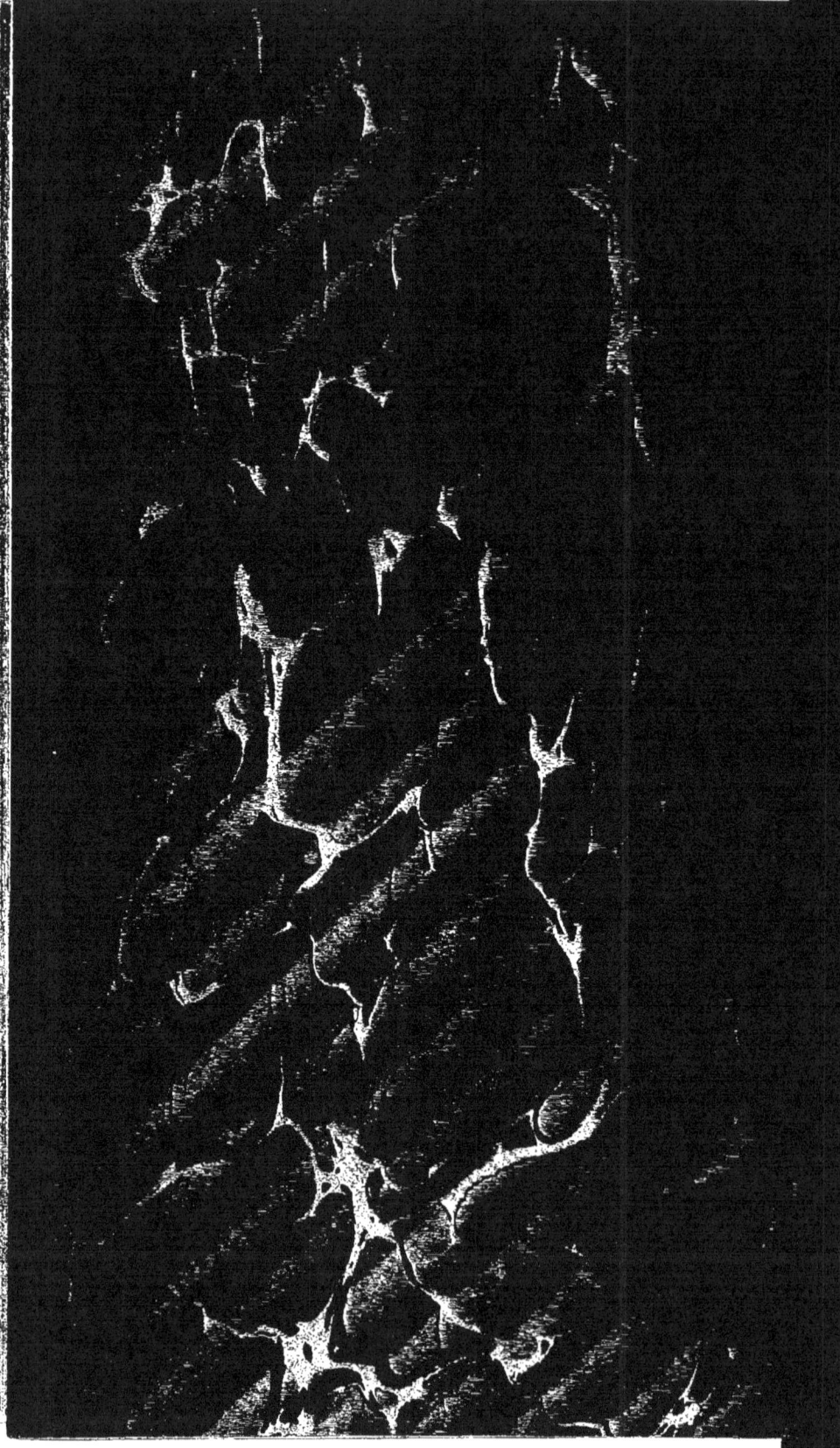

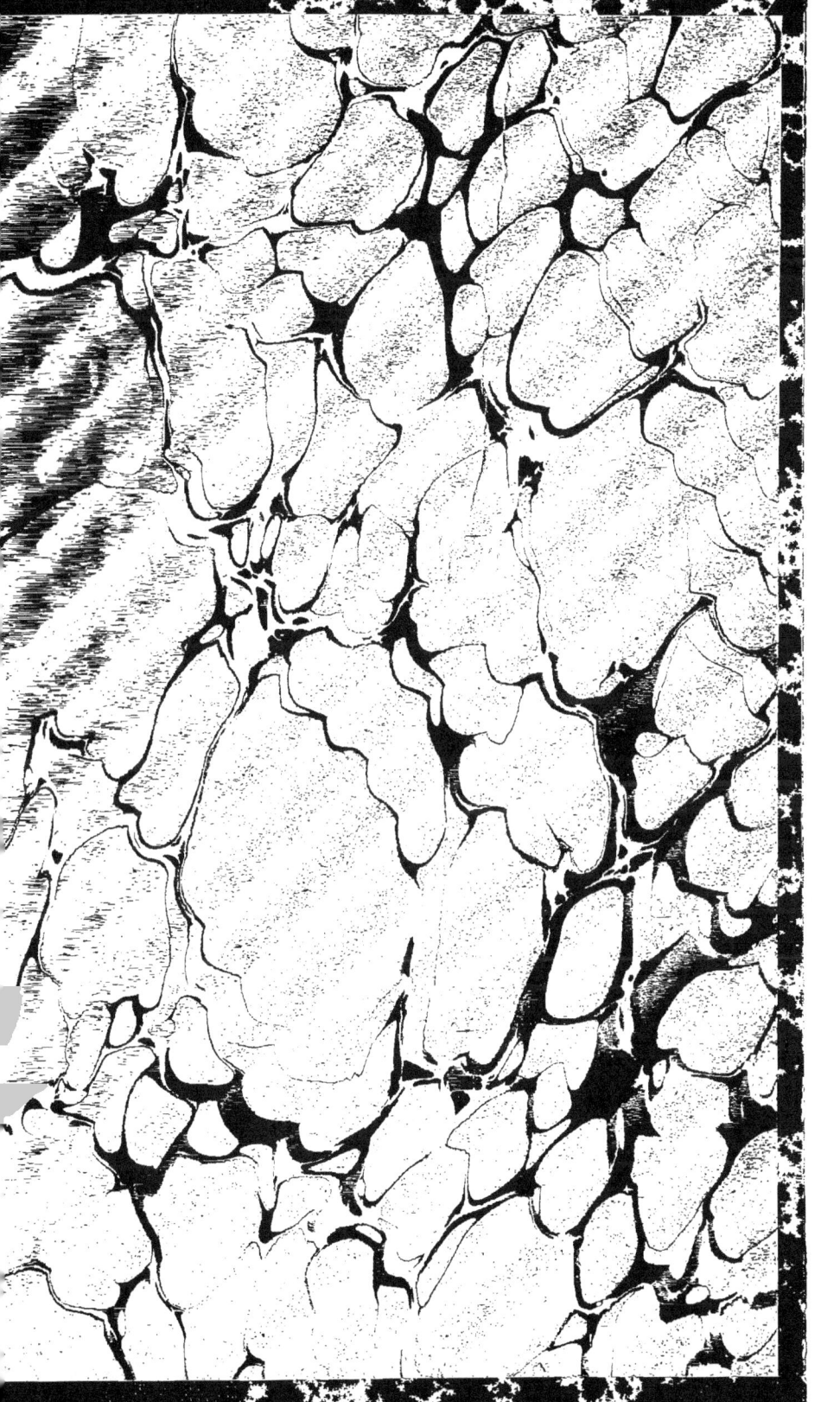

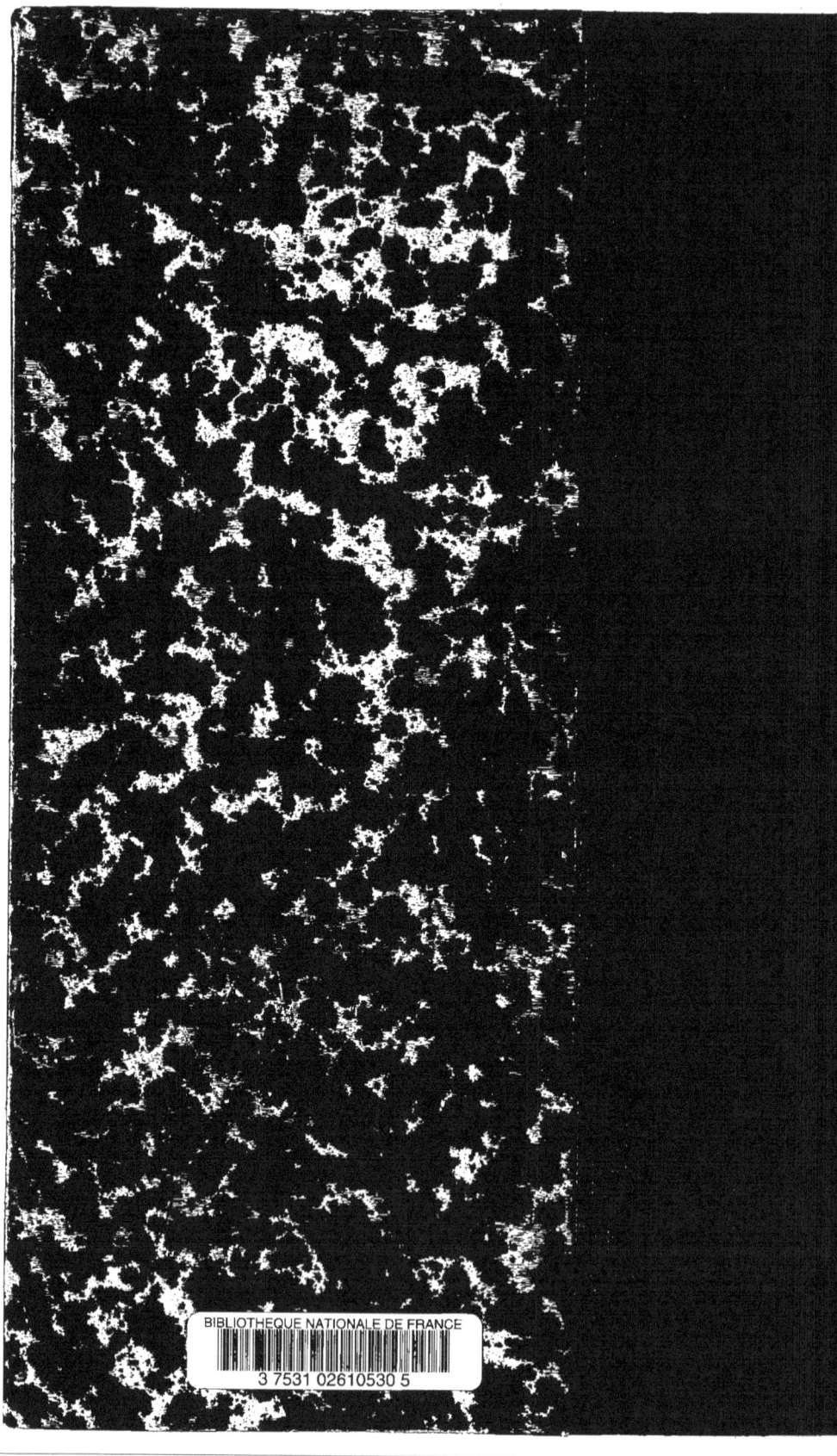
BIBLIOTHEQUE NATIONALE DE FRANCE

3 7531 02610530 5

www.ingramcontent.com/pod-product-compliance
Lightning Source LLC
Chambersburg PA
CBHW050148030726
47505CB00005B/1278